昭物語
Akira Monogatari
影とともに

阿部堅磐
Kakiwa Abe

人間★社

昭物語《あきらものがたり》

影とともに

もくじ

昭物語《あきらものがたり》

影とともに

立正高校の校舎屋上に立つ著者

電車が池上線の石川台の駅に着いたので、昭《あきら》は電車を降りた、改札口を抜けて踏切を越え、右手の坂道をゆっくりと上った。上りきったところに石の橋があり、下を池上線の線路が走っていた。昭はその線路を見つめながら、今日、出席して来たR高の入学式の模様を想い出していた。小高い丘の上にある校舎の一隅にこぢんまりとした体育館があって、そこで入学式は行われた。初めにモーニング姿の校長が祝辞を述べ、次にPTA会長の祝辞が続き、あと生徒会を代表して生徒会長が歓迎の挨拶をしてくれた。式は簡単に済んだ。それでも昭はそれなりに感激した。式が済んでから丘の上をブラブラ散策して、今日からここで学ぶのだと思った。空は青く春めいた気分だった。そんなことを想い浮かべながら今、石の橋の上で、線路を見下ろしながら、この二年間の出来事を思い出してみた。

二年前、中学を終えると昭は新潟県のS市から上京して来た。高校へ入学するためではなかった。五反田にあるN自動車サービス工場で働くためであった。

昭の父は昭が小学校六年の春、胃癌で死んだ。母はもっと早くに死んでいた。両親を亡くした昭には高校一年になる兄がいた。兄は定時制の高校に通い、昼間は市内の木工所で働いていた。中学卒業まで叔母の家で、昭は養育された。中学を終え、一人で生きてみよう、そう思って昭は上京して来た。

故郷を出る時、兄が駅まで見送ってくれた。上野駅に汽車が着いた時、工場から出迎えの人が来ていて、ダットサンのライトバンに乗せられ、工場へ着いた。東京は二度目だった。一度目は中学三年の時の修学旅行で見物したことがあった。工場へ着いた時、事務室で仕事をしていた社長さんが出迎えてくれた。

「長旅ごくろうさん、おなかが空いているだろう。食堂で夕食をとりなさい」

食堂へ案内された。もう食事は用意されてあって、昭は遠慮なく夕食を食べた。

翌日は身体を休めてよいということで、昭は一人で五反田の駅のあたりをブラついた。工場から駅への大通りに面して映画館が三軒もあった。映画の好きな昭は、よし、お給料を貰ったら映画を観に来よう、そう思った。

工場は自動車修理と鈑金と塗装の三部門に分けられていた。昭は塗装工の見習いとして働かされた。自動車塗装の仕事が完成するまでには、いくつかの工程を経なければならなかった。鈑金が終えた処を粗い紙ヤスリで水をつけてしっかりと磨く。それが終えるとよく乾かしてパテという粘土のようなものをヘラで塗る。そして充分に乾かし、またパテを塗る。更にまた乾かし三度目のパテを塗る。それが完全に乾いたところで粗い目の紙ヤスリで下に小さな板を当てがって、水をつけながら磨く。磨き終えると、グレーの色をした塗料を吹き付ける。表面の凸凹の部分にまたパテを塗る。乾いてから今度は目の細い紙ヤスリで水をつけながら磨く。水分をとり完全に乾かしてから、塗料を吹き付ける。乾いたところでまた細い目の紙ヤスリで水をつけて磨き、乾いたところで仕上げの塗料を吹き付ける。それから塗料が乾くのを待って、コンパウンドという磨き専用のものを布につけて、しっかりとつや出しをし、つや出しが終えるとワックスをかけて出来上り。この作業を昭は手取り足取り親方から教えられた。最初は初歩的な作業から教え込まれた。昭はその仕事が嫌いじゃなかった。ものを完成させる喜びがそこにはあった。ただ仕事の性質上、残業が多いのには閉口した。

四月に入社して一ヶ月過ぎ、五月に慰安旅行があった。行く先は伊豆の修善寺温泉であった。従業員三十余名の団体旅行である。東京駅から汽車に乗って皆とわいわい言っているうちに修善寺駅に着いた。仲間の先輩は缶ビールを飲んで出来上がっている人もいた。旅館へはどういうふうに行ったのだろう、もう前のことだから昭は忘れてしまった。

　旅館に着いて丹前に着替えると、卓球場へ行って皆と卓球を楽しんだ。女事務員のみどりさんは卓球が巧く、男どもを打ち負かしていた。卓球に飽きた先輩の皆川さんは「あきら、外へ散歩に行こう」と昭を誘った。

「はい」

　昭は皆川さんに従《っ》いていった。旅館の前の橋を渡って左手の道を行く。右手に寺のような建物があった。昭は寺には興味がなかった。

「ここで待ってます。みながわさん」

　そう声を掛けて川の中を眺めた。川の真ん中に露天風呂があった。昭は中学の頃読んだ川端康成の小説『伊豆の踊子』を想い出した。踊子が主人公の学生に声を掛けたところはあのあたりかなと思ったりした。

　旅館へ帰って温泉に入った。温泉に入るのは昭は二度目だった。一度目は、小学校の六年の時の修学旅行で、福島県の会津に行った時、東山温泉に入ったことがあった。川に臨んだ風呂場はガラス張りで、外の風景が見えた。烏《カラス》の行水の昭は一度浴槽に浸かっただけでサッサと風呂場を出た。

夕方、宴会があった。土地の芸者さんが三人、座敷に呼ばれて、踊りを踊ってくれた。昭は酒のイケル口じゃなかったので、もっぱら芸者さんの踊りを眺めていた。芸者さんの踊りを見るのは昭は初めての経験であった。

翌日、先輩の高田さんとバスで天城山を越えて、伊東へ出た。雨が降っていたので土産物店を素見《すけん》して歩いただけで伊東の町は見物しなかった。お昼を食堂で高田さんと食べ終えると、伊東の駅から東京へ帰って来た。

東京へ戻ってから二、三日経って写真が出来てきた。勿論、修善寺旅行のスナップ写真である。昭は必要なだけ焼き増しをすると、田舎の友達の金田君と大野君と中学時代の同級生の川上さんに、手紙を添えて投函した。

一週間くらい経ってから大野君から手紙の返事が来た。大野君は頭脳明晰の友で彼がN市のN工業高校へ進んだことは知っていた。手紙には夏休みになったら、自転車旅行をするんだというふうなことが書いてあった。大野君の手紙が届いた翌日、金田君から手紙が届いた。金田君は昼間、家業の鉋台《かんなだい》を作る仕事に従事し、夜は定時制高校へ通っていることが手紙に記されていた。それから三、四日経って川上さんから手紙が届いた。川上さんは市内のH高校という女子高に通い、クラブは卓球部に入ったというふうなことを手紙に記してきた。しばらくは昭は故郷の香りを楽しんだ。

六月になって工場の皆川さんが盲腸炎になって近くの病院に入院した。手術後、三、四日経ってから、昭は仕事が終えると夕方、皆川さんを見舞いに行った。見舞いには何が良いのか迷ったが、結局何も持たずに病院を訪れた。病室は個室だった。昭はノックしてドアを開けた。

「げんき！　見舞いに来た」

「あきらか、まあ座れ」

皆川さんは顎で椅子を勧めた。皆川さんは石川啄木の歌集を読んでいたらしく、枕元には石川啄木のポケット判の歌集が置いてあった。

「啄木ですか」

「ソウ、啄木。あきらは知っている歌があるか」

皆川さんが尋ねたので「僕は〈かにかくに渋民村は恋しかり　おもひ出の山　おもひ出の川〉というのが好きです」と答えた。

しばらく文学の話が続いたが、昭が帰ろうとすると、皆川さんは昭に「これ持っていけ、君にあげる」と言って、ポケット版の本を渡してくれた。昭は礼を言って帰り道、その本を眺めた。

表紙には小野十三郎著『現代詩手帖』と記されていた。昭には初めての詩人の名であった。ペラペラとページを繙くと、中原中也の「北の海」という詩が載せてあった。昭は心の中で、これ知っている、中学の時、図書館で読んだ、と思った。一週間かかってその小野十三郎という人の本を読んでみた。畳職人の詩が書いてあったのが印象に残った。

夏が来て、お盆休みを貰って帰省した。

大野君に会った。大野君は自転車旅行を夏休みに決行し、田舎の古いお寺さんで一晩、本堂で泊めてもらったというふうなことを話していた。昭はもっぱら最近観た映画の話ばかりしていた。大野君は

「東京弁で話さないんだね、あきらくんは」

「田舎に帰ってきた時は田舎の言葉で話すさ、東京へ戻れば、また東京弁さ」

明るく笑った。田舎へ帰った時、その後どうしたのか、昭は想い出せなかった。

秋が来て、工場では秋にも慰安旅行があった。行き先は熱海だった。熱海は昭は初めてだった。当日、熱海の旅館に着くと、宴会までまだ間があるので、お宮の松を見学した。昭は、『金色夜叉』という小説を読んだことはなかったが、〈あたみのかいがんさんぽする――〉という流行歌は知っていた。主人公がお宮と貫一だということも。

夜、宴会があった。芸者さんが三人来て踊りを踊っていた。昭は芸者さんの踊りを見るのは二回目なのでさして興味が湧かなかった。それでもお酒を飲んで頬を赤らめていた。

秋の慰安旅行も済み、通常の工場生活が昭を待っていた。

昭の生活は別段変わりなかった。工場で働いて、仕事が済むとテレビを観て、テレビに飽きると、五反田の駅前の喫茶店に入ってお茶を飲んで暮らした。それに相変わらず映画をよく観に行った。

お正月は帰省しなかった。東京の正月は雪がなくて何か変な感じがした。三が日は毎日豪華な食事だった。お手伝いの美樹さんが食事の世話をしてくれた。正月の休みのある日、昭は社長のお嬢さんから月刊誌「美しい十代」を見せてもらった。表紙を捲ると、そこにはカラー写真で野山の景色が写されていて、萩原朔太郎の「旅上」という詩が掲載されていた。昭は声を出して読んでみた。「ふらんすへ行きたしと思へども……」いい詩だと思った。昭は中学生の頃、作文は得意な方だった。詩を書いたこともあった。中学の頃はよく本を読んだものだった。昭は大人の本を読まなくっちゃと思って、本屋さんへ出掛けた。ポカポカ陽気の正月の街は気分が良かった。駅前の本屋さんで、三浦哲郎という作家の『忍ぶ川』という本を買った。その本を読んだことは読んだが、一年も前のことなので、ストーリーはもう忘れてしまった。

昭の映画館通いは飽きることなく、続いた。『ぼんち』とか『痴人の愛』はとても面白かった。アニメの『安寿と厨子王丸』も忘れられない映画だった。あれは桜の咲く頃だったと思う。ある日、『新・人生劇場』という映画を観に行った。主人公の若者が早稲田大学に入り、演歌師の書生をやりながら大学生活を送る映画だった。昭はその映画を観て、大学か、いいな、俺も大学に入ろう。それには高校へ入らなくっちゃ、と思った。でもどうやって、どんな方法で生活費と学費を作る、と考えた。苦学生に憧《あこが》れた昭は、六月のある日、新聞の職業紹介欄を何気なく見ていたら、新聞配達員募集、昼間通学可なりという記事が目にとまった。これだ、と昭は思った。

　昭はY新聞の出張所へ電話してみた。場所は池上線の石川台にあるという話だった。履歴書を持って、そこを訪ねた。店員の数人が店内でテレビを観ていた。店員の一人にその旨を話すと、奥から所長さんが出て来て、仕事の内容や通学のことを話してくれた。そして、その出張所で働くことになった。

　七月に工場を辞め、新聞店へ住み込んだ。朝五時に起きて、配達し、配達し終えるのが七時頃だった。運動した後なので朝食が美味しかった。夕刊の配達のある午後四時半まで自由時間だった。昭は代々木にある英語学校へ週一度通い出した。勉強は楽しかった。受験科目の問題集を買い揃え、計画を立てて受験勉強に精出した。

　出張所には昭を含めて、十五人の店員がいた。K学院大学やT大学やR校やN校やN学園高校など、通っている大学や高校はまちまちだったが、各々が夢を持って勉強していた。

中学浪人を二年もした人もいれば、中には中学浪人を三年もして、高校へ入り直した人もいた。

高校入試まで約六ヶ月、中学卒業程度の学力をつけなくっちゃと思って、忘れかけた数学や英語を思い出しながらの勉強であった。

田舎にいた時、亡くなった父の友人が、私のところへ来て働かないか、一生面倒をみてやろう、昼間働いて定時制高校へ通えばよい、というようなことを昭に話してくれた。話は有難いが、「僕は東京へ行きます」と言って、その話を断った。

昭は夜十時半から始まるラジオ番組「百万人の英語」を楽しみに聴いていた。テキストを本屋で買ってきて、毎晩勉強した。昭の一日は、朝の配達が終えると歯を磨き、顔を洗うと七時に朝食、八時から約三十分、新聞を読んで、八時半から十時まで仮眠をとる。十時から十二時まで勉強をし、十二時に食事をしに、近くの食堂へ行く。昼食をした後、少し休憩をとって、一時半から、また勉強をする。三時半までの二時間勉強し、三時半から自由時間。四時半から六時半まで夕刊の配達、夕刊の配達が終えると夕食。皆と食堂で食べる。それから近くの銭湯へ行き帰って来るのが、七時半頃。八時から九時までテレビを観ながら折り込みの作業。それが済んで九時から十一時まで勉強。十一時就寝。こういう時間割である。

ある日、同じ部屋のN学園高校へ通っている芦田君から、倉田百三の小説『出家とその弟子』という文庫本と、ヘミングウェイの『武器よさらば』という文庫本を見せてもらった。昭はどちらかというと『出家とその弟子』の方が面白いと思った。宗教家というのは偉いな、と思った。本は好きだったが、読み了《お》えるまで時間がかかるので、なるべく読まないようにしていた。高校進学の受験勉強をやる予定が狂ってしまうのが、主な理由だった。それでも、気分転換に読書は必要だった。吉川英治の『親鸞』を読んだ。文庫本で四冊あったのを覚えている。

冬、クリスマス・パーティーを店員同士でやった。ビールや安いワインを所長さんがプレゼントしてくれた。浪人中の山中さんが、一高の寮歌「あゝ玉杯に花うけて」を高らかに歌っていた。昭は島崎藤村の詩に曲をつけた「惜別の歌」を歌った。そんなふうにして年も暮れた。

新年が来て、昭は正月休みに久しぶりに映画に行った。近くにある場末の三流劇場で、『風来先生』という映画をやっていた。主人公は高校の教師で、その映画を観た時、将来先生になるのも悪くないなと漠然と思った。そうこうしているうちに、受験日も間近に迫った。志望高校は決まっていた。R高校である。同じ店員の先輩、酒井さんが通っている高校である。入学してから勉強、勉強に追われる近くにあるY高校は避けた。Y高校は進学校であった。昭は自分はアルバイトをやっているんだから、余裕をもって、マイペースで勉強出来るR高校でたくさんだと思った。

二月、入試があり、昭は合格した。昭は自分の受験番号が掲示板に表示されてあったのを見てほっとした。

電車が橋の下を通り抜けて行った。しばらくの昭のとりとめのない回想も終わった。昭は自分の寮の方へ続く坂道を下り始めた。そして思った。これから俺の人生劇場が始まるのだと。

新一年生として出発した昭《あきら》のクラスは、八クラスある一年生の成績の良い生徒だけを集めた特進クラスだった。最初はそんなことは気づかなかったが、実力考査の成績が廊下の掲示板に、上位五十人が発表されたのを見て気づいた。そのほとんどの席次が昭のクラスの生徒で占められていた。昭はそれを見た時、へー、そうだったのか、と妙な気持ちになった。

クラス担任の飯田先生は、二言目に、大学受験、大学受験と、生徒に喚起を促していた。担任は英語が担当教科だった。昭は授業が楽しかった。飯田先生は、高一のうちに読書をしておいてください、高二、高三になって英文和訳をやる時、読解力がものをいいますというふうなことをおっしゃった。

そして二十冊ほどの書名を黒板に書かれ、近日中にこれらの本を全部読んで、読後感を書いて提出しなさい、と生徒に告げられた。先生からそんな話のあった日、昭は夕刊の配達を終え、夕食を済ませると、駅前の本屋さんへ行った。その本棚から課題図書の一つ、ポケットサイズの『林檎の木』という本を探しあて、その本を買った。白いツルツルとした表紙に、グリーンの文字で、林檎の木、作、ゴールズワージーと記してあった。寮へ帰ると、その夜一気に読んだ。昭は主人公の男に怒りを覚えた。純粋な少女の心を踏みにじっているのではないかと思って、不愉快だった。昭は夜遅くまでかかって、四百字詰めの原稿用紙二枚に感想を記した。翌日、飯田先生に朝のホームルームの時、それを提出した。飯田先生は、昭達がグランドで〈走り高跳び〉の体育の授業をやっている時、昭の方へ近寄って来て、「相田、あの読後感良かったよ」と言って、しばらく体育の授業を見学して、職員室へ帰って行かれた。

五月の中頃、春の遠足があった。昭の学校は日蓮宗の宗門の学校だったので、一年の春は、身延山久遠寺へ一泊の参籠の旅であった。一年生は八クラスあるので、バス八台を連ねて、途中、高尾山の麓でトイレ休憩をとって身延山へと向かった。バスの中で、山川君が、ポピュラーソング「霧の中のジョニー」を歌っていた。思い思いに、バスの中で〈尻取り〉や〈トランプ〉をやっているうちに、バスは身延山の門前町に着いた。参籠とはいっても、高一の全員が寺に泊まれるわけもなく、近くの旅館に分散して昭達は泊まった。皆、疲れていたので部屋で騒ぐこともなく、夕食をとり風呂に入ると、大人しく寝た。

翌朝七時起床。八時に、山門に整列、昭達はワイワイ言いながら、寺の急な階段を上った。昭はクラスの先頭に立って、階段のてっぺんまで一気に上った。皆が上りきって集合すると、寺の内部の見学であった。大広間の欄間には〈日蓮上人一代記〉とでも呼んでいい、絵が掛けてあった。昭達は、宗教の時間で教わった〈小松原法難〉の絵や〈龍之口法難〉の絵を興味深く眺めた。その後、本堂に集合して、正座し、お祈りの時間があり、それが終えてから、昼食の時間があった。昼食を済ませると、寺の高僧から〈法話〉があった。話は日蓮上人についての話であったが、昭達高一の生徒は皆、宗教の時間で〈日蓮上人の生涯〉を学習していたので興味が湧いてきて、静かに聴き入った。そして〈法話〉が終わると、下山し、バスに乗って東京へ帰って来た。

六月になったある日、放課後、「相田、今度の日曜、俺んち、遊びに来ないか」児玉君が話し掛けて来た。昭は、「迷惑でないなら、お邪魔させてもらおうかな」と気軽に返事をした。児玉君はクラスでも成績の良い子だった。それにスポーツ刈りのハンサム・ボーイだった。

児玉君の家へ遊びに行くという約束の日、昭は朝九時頃に電車に乗った。児玉君の家は目蒲線の武蔵小山だった。昭は池上線の石川台の駅から電車に乗り、それから国電に乗り換え、目黒に出、今度は目蒲線に乗り換え、目的の武蔵小山の駅に着いた。児玉君は駅の改札口で昭を出迎えていてくれた。

「やあ、わかった」

児玉君は明るく声を掛けて来た。

「うん。わかりやすいから、すぐわかったよ」

昭も元気に返事をした。

「こっち、こっち」

児玉君の言葉に昭は促され、児玉君の家の方へ歩いた。児玉君の家は踏切を越えてすぐの角の家だった。表通りに面した方が、児玉君のお父さんが経営する会社のオフィスだった。住宅の方はその裏手にあり、露地に面していた。

昭は二階の児玉君の勉強部屋に通された。すぐ年若いお手伝いさんが出て来て、「何がいいですか、お飲物」児玉君に聞いた。

「相田、コーヒーにする、それともジュースかカルピス」

児玉君は昭に尋ねた。

「ジュースでも貰おうかな」

昭は遠慮がちに言った。

「じゃ、ジュース」

児玉君がお手伝いさんに告げると、お手伝いさんは「はい」と言って階段を下りて行った。

「ところで大学、どこにするの。相田は」

児玉君は単刀直入に昭に聞いてきた。

「まだ、決めてないんだ。国語とか英語が好きだから国文科か、英文科に進みたいと思うけど」

昭は漠然とした返事しか出来なかった。実際高一の六月の段階ではまだ先のことだという考えしかなかった。

「児玉はどうするの」

今度は昭が児玉君に聞いてみた。

「親がねえ、医者になれって言うんだよ。姉貴がねえ、歯医者やってんだ。それでさ、兄貴がN医科歯科に通ってんだよ。親仁《おやじ》は俺には歯科の方じゃなくて、医科を奨めるんだよ。一応目標は決まってんだ。あとは勉強するだけ」

児玉君は笑いながら、昭に将来の夢を話してくれた。しばくしてから昭はおもむろに話した。

「中学の頃、社会科の先生が話してくれたんだけどさ、宮本武蔵の書いた本に『五輪書』というのがあるんだって。その本の中に〈一芸の士〉という言葉があるんだって。それでその先生が言うには〈一芸の士〉になれって言うんだよ」

児玉君は溜息を吐いて、

「〈一芸の士〉か」

と言った。昭は言葉を続けて
「医者は〈一芸の士〉と言えるんじゃないか。児玉はいいよ、立派な目標があるから」

「相田だって、仮に国文科の学生になったとして、国文学者か作家を目指せば、やはり〈一芸の士〉と言うことになるんじゃないかなあ」

「作家か。詩人にしろ、小説家にしろ、そんなのになるの、大変だって」

と返事をしたが、昭は心の中で、文学に賭けてみようと密かに思った。北原白秋や室生犀星のような詩が書けたらいいなとも思った。

「話は変わるけど、うちの担任の飯田先生はヤラセルねえ。俺なんか、英語の単語、辞書引いて本文の訳つけたら、もう寝る時間だもの、本も読む暇ないよ」

昭は愚痴をこぼした。

「まあ、仕方ないさ。予習もやらずに授業受けたくないし。本と言えば、相田、最近何か読んだ」

児玉君は読書について尋ねてきた。

「この前、漱石の『草枕』という本読んだ。〈おい、と呼んだが返事がない〉峠の茶屋の一節さ。そこだけは妙に覚えているよ。児玉は？」

「俺は田中英光の『オリンポスの果実』という本を読んだ。主人公は純真な男でさ、あれには呆れたよ」

昭は田中英光という作家は名前は聞いたことはあるけど、その作家の著書は読んでいなかった。それで児玉君に聞いてみた。

「その本持ってる？　あったら貸してよ」

「うん、いいよ、その本棚の上から二番目にある」

児玉君は本棚を右手で指さしながら、言った。

「これか」

昭は本棚から『オリンポスの果実』という文庫本を手に取った、その時、「入るよ」という男の声がした。

ガラス戸を開けて入ってきた男の人は顔立ちが児玉君にそっくりだった。きっと児玉君のお兄さんだと昭は思った。児玉君より幾分背が高かった。

「ジュース持ってきてあげたぞ、道夫」

と言ってその男の人は畳の上に、お盆を置いた。お盆にはオレンジジュースのグラスが載っていた。

児玉君は「兄貴だよ」と簡単に紹介した。

「児玉君のお兄さんですか。僕、児玉君のクラスメートの相田です」

昭はハキハキと自己紹介した。

「相田君か、弟をよろしく」

そう言うと児玉君のお兄さんは、すぐ部屋を出て行った。

「お兄さん、ハンサムだねえ、女の子にもてるんじゃない」

「そうでもないさ」

児玉君は笑っていた。

それから、昭と児玉君は、数学の参考書はどれがいいとかといった学習面の話をして時間を過ごした。

お昼時になり、昼食をご馳走になった。天ぷらうどんが出された。昭は友人の家で食事をするのは上京以来、初めての経験だった。食事が済むと児玉君は洗足池の卓球場へ卓球をしに行こうと言う。昭はそれもいいなと思って二人で行くことにした。洗足池までは、児玉君のお兄さんが車で送ってくれた。三十分くらいで洗足池に着き、お兄さんにお礼を言ってから卓球場の方へ二人は歩いて行った。卓球場は池の畔の木陰の中にあった。屋外の卓球場である。先客は誰もいなかった。二人で卓球を楽しんだあと、池の畔を散歩した。その後池上線の駅へ出、二人は別れた。帰りの電車の中で昭は思った。児玉君とは生涯の友達になれるような気がすると。

七月に入り、昭の高校では期末考査が始まった。朝、池上線に乗ると高校生は皆ノートを開いて勉強していた。男子生徒も女子生徒も。どこの高校も今が試験の最中なんだなと昭は思った。

まもなく期末考査を終え、学校は夏休みになった。八月の初旬の三日間、バイト先から休みを貰い田舎へ帰省した。兄はすでに結婚していた。そして死んだ父の跡を継いで、教派神道の教会の神主をしていた。いつの間にか結婚したんだなあと思ったが、それは口に出さなかった。兄の奥さんは大人しそうな人だった。

故郷へ帰って来てから二日目、昼食を食べてしばらくして、町をブラつこうと昭は出掛けた。町を貫流する五十嵐川にかかる新大橋の方へ歩いて行った。カンカン照りの中、暑いなあと思ってハンカチで額の汗を拭っていると、中学の時の同級生の川上さんが自転車

で坂を下って来るのと偶然出会った。川上さんの自転車が近づいて来ると、

「かわかみさーん」

昭は声を掛けた。川上さんはすぐに気づき
「昭君、久しぶり。今どうしているの」

自転車から降りると、川上さんは懐かしそうに話し掛けてきた。

「川上さん、時間ある。コーヒー飲もう」

昭は川上さんをお茶に誘った。

「うん。飲もう飲もう。暑いから冷たいものが欲しいよね」

そう言いながら、川上さんは本寺小路の通りに面した〝コスタリカ〟という喫茶店へ昭を案内した。

店内は平日の午後ということもあって客は少なかった。テーブルが十卓あるくらいの小さな喫茶店だった。

クラシック音楽が流れていた。曲はヴィヴァルディの四季。二人は隅のテーブルに向かい合わせに座った。ウエイトレスが来てオーダーを聞いた。二人はアイスコーヒーを注文した。

「昭君、東京へ行ってから、三年目だけど、どうしてた」

川上さんは昭の都会での生活について尋ねてきた。昭は上京してからのことを簡単に話した。中学を終えてから、自動車修理工場で働いたこと、そこを辞めて新聞配達をやりながらR高校へ入り、人より二年も遅れてまだ一年生であることなどを話した。

「お待ちどうさま。アイスコーヒーです」

ウエイトレスがコーヒーを運んで来た。川上さんは美味しそうに一口二口飲むと

「苦学生なんだ、昭君は」

感心したような顔をして言った。

それから真面目な顔で、自分の兄たちについて語り出した。

「私の長兄と次兄は、二人とも八年かけて、N大を出たのよ。父の仕事の関係で、長兄が大学へ通っている一年は、次兄が大学を休学して家の手伝いをして、次兄が大学へ通う一年は今度は長兄が大学を休学して、家の手伝いをしてね、それで八年かかったというわけ、すごいでしょ。兄たちは」

「すごい、すごい」

昭は感嘆した。川上さんのお父さんは金物問屋をやっているが、東大出身の日本刀の研究者でもあり、N大の非常勤講師もしていた。優秀な父親からはやはり優秀な子供が育つものだと、昭はつくづく感心した。

「僕も川上さんのお兄さん達に負けないようにガンバルよ」

昭は叫ぶように言った。

「川上さんは高三でしょう。卒業したらどうするの」

昭は尋ねてみた。

「私は家の手伝い。父の仕事が金物屋だから経理を担当するの。今もやっているのよ」

そんな話をして、二人は近況を語り合った。そして二人は別れた。別れ際に川上さんは
「また、田舎へ帰って来たら連絡頂戴」と言って笑顔で手を振った。

「そうするよ。でもなかなか休みがとれなくってね」

昭は苦笑いをして、川上さんに手を振った。

帰省の三日目、昭は東京へ戻ることにして、朝、列車に乗った。列車の座席に座りながら思った。明日からまた俺の戦いが待っている。川上さん兄弟に負けてはおれないと。

昭《あきら》は高校二年生になった。高二になる頃から胸に重苦しい痛みを覚えた。何だろう、胸が痛いなぁと思っていた。その痛みは背中にも及んできた。四月の中頃近くの病院に行って診てもらった。医者は六十過ぎの老人でおっとりした人だった。昭が症状を訴えると
「肋間神経痛だよ、これは」

と言って柔和な微笑を浮かべた。

「先生、治りますか」

昭は聞いてみた。

「カルシウム注射を一ヶ月も続ければ、良くなる。あまり心配するな」

先生は不安げな表情の昭を勇気づけた。先生は昭の左腕のシャツを捲りあげると、昭の

白い腕にゴムを締め、静脈の青い血管に太い注射をした。昭は身体中がかっかと熱くなった。

「また明日おいで、今の注射を続けよう」

先生は優しく言った。

「どうも有難うございました」

昭は礼を述べて新聞店の寮に帰った。道々子供で新聞配達を希望している子がいたら、夕刊の半分を手伝ってもらおう。そのことを所長さんに交渉してみよう、給料はダウンだけど、体が大切だもの、と思った。幸いなことに昭の願いは聞き入れられ、タイムリーにも、夕刊を配達したいという少年も見つかった。それで昭の夕刊の配達時間は三十分で済み体を痛める心配もなくなった。昭は夕刊の配達を済ませると、毎日、病院へと通った。病院の受付はいつも奥さんかお嬢さんがやっていた。この半月、毎日通院している昭はそのお嬢さんと言葉を交わすようになった。お嬢さんは大学二年生だそうだ。昭が新聞配達をして身体を痛めたことを知って、同情してくれた。

「ずいぶん良くなりましたよ。あの注射のおかげです」

昭は元気に笑ってみせた。

五月五日は夕刊の休刊日だった。朝刊だけ配達すればよかった。クラスメートの児玉君が、下校時に「明日、相田、どっか行かないか」と言ってきた。

「どっかって、当てあるの」

「無いけど、電車に乗って鎌倉あたりに行こうよ」

「いいな、行こう行こう」

「じゃ、明日、品川駅で待ってる」

二人は落ち合う場所と時間を決めると、その日は別れた。

翌日、朝八時半に品川駅で落ち合うと、昭と児玉君の二人は電車に乗った。明るい陽光の中、横浜駅で乗り換え、北鎌倉の駅のホームに二人は降り立った。駅は観光客でいっぱいだった。二人は寺々を巡って鶴岡八幡宮まで歩いた。昭はここは中学校の時、修学旅行で一度来たことがあると思った。鶴岡八幡宮は大勢の参拝者で賑わっていた。宮の階段を上り、左手の公孫樹《こうそんじゅ》の大木を見て思った。公暁《くぎょう》が身を隠し実朝を討ったのはここだと。昭は公暁のことは本で読んで知っていた。児玉君に公暁と実朝の話をすると
「相田は歴史に詳しいなあ、俺はそっちの方面からっきしだよ」

と言って感心していた。境内の舞殿が立派なのには二人とも驚いた。

「ここで静御前は、頼朝の前で舞ったわけだ。しずやしずってね」

昭は児玉君に向かって笑った。

別にどこがどうと言うほどの収穫があったわけではなかったが、古都の散策は二人にとって気分転換にもなり、それなりに楽しかった。

六月の梅雨頃になると、あれほど昭を苦しめた胸の痛みが嘘のように消えてしまった。昭はもういいだろうと思って病院へは行かなくなった。夕刊の配達はバイトの少年が手伝ってくれているので、昭は貴重な時間が出来た。一時間は時間が浮いた。夕刊配達後のその時間を昭は、駅前の喫茶店で英語の単語の暗記の時間に当てた。夕方五時半から六時半までいつもそのように過ごした。

七月に入って一学期の期末考査が始まった。結果は中間考査より、成績が悪かった。昭はこのマイナスは夏休みに取り返そうと思った。

七月二十一日から八月三十一日までの約四十日の夏休み、新聞配達のアルバイトを休ませてもらった。そういう時のために予備さんという配達員がいて、代わりに業務を担当していた。九月にまた業務につくことにして、所長さんの許可を貰うと昭は故郷へ帰った。

帰省して二、三日すると、夕食時に兄が何気なく、こんなこと言った。

「あきら、おまえ、明日から八海山《はっかいさん》の社務所で働かないか。夏休み、暇だろう。各講中が登山するから、旅館を兼ねている社務所の雑用係だよ。配膳の係りやお札作りや午後からは自由時間が取れるよ、但し無料奉仕。その代わり三食付き、小遣いは俺が持つ。週一日は休み、神社奉仕だからいい経験になるだろう。どうだ、やるか」

昭はその話を聞いて「おれ、やる。山の麓で暇な時間、勉強するのもいいな」即座に返事をした。兄は早速八海山の麓の社務所へ電話して話をつけてくれた。

翌日、昭は朝食を済ますと、ボストンバッグに着替えと勉強道具を詰め込み、兄の運転する車で社務所へ向かった。夏の暑い日差しの中、社務所まで約二時間のドライブ。最寄りの駅は上越線の浦佐である。

八海山というのは、木曾の御嶽山《おんたけさん》で、木食上人普寛について修行した泰賢行者という行者さんが拓いた山である。以来、山岳信仰の対象になっており、県内の所々に八海山教会という教派神道の講中があり、七月の初めから八月の中頃まで大勢の信者さん達が参拝登山に来るのである。兄の神職仲間が山麓の八海山神社の神主をしており、その関係で昭の神社奉仕も決まったわけである。教会の神主だった父の跡を継いだ兄も今では先達の役を担っていた。

社務所に着くと、そこの奥様が出迎えてくれて、昭に記念にと言って銀杯をプレゼントしてくださった。昭はそれを頂戴すると、大切にバックに仕舞った。しばらく、奥様と兄の歓談が続いた。主人の神主さんは東京へ出張ということで、姿が見えなかった。奥様が兄に、「お昼を食べていきなさいよ」と言って、兄と昭の二人を食堂へ案内した。兄と昭は、お昼をご馳走になった。食べ終えると兄は、奥様に礼を述べた。

「あきら、しっかりやれよ。仕事のことは、神人《じにん》の斎藤さんに聞けばいいから」

そう言うと車で家へ帰って行った。

奥様は昭に、「今日はこれと言ってやってもらう作業もないから、里宮でもお参りしてらっしゃいよ」とおっしゃった。

「そうさせてもらいます」

昭は返事をすると、里宮に向かった。小川に沿って里宮まで約十五分。ぶらぶらと散歩気分で歩いて行った。里宮に着き、お参りを済ませ、登山口のあたりへ行ってみた。登山口のあたりに、磐長姫という碑が建っていた。木之花開耶姫の姉だなと思った。容貌が醜いという理由で、邇々芸能命から突き返された姫である。昭は小さな頃、死んだ父から聞かされた『古事記』の話を想い返していた。そんなことを想い、蟬の声を聴きながら、社務所へ戻って来た。

翌日から、昭の神社奉仕はスタートした。朝六時に起床。顔を洗い、歯を磨くと、社務所の廊下を雑巾掛け。ついで、庭の掃除、七時に使用人の三人のおばさん達と、テレビを観ながら朝食。九時から、お守り作り、お守りの袋の中に小さなお札を入れる作業である。出来上がったお守りを後で神主さんが、まとめて祈禱し保管しておくわけである。二階の作業場で、十一時までその仕事に従事する。お昼近くになると、参拝登山の人達が社務所に到着するので、その人達の配膳の係りが待っている。そして後片付け、それが済んで昼食。その後は、夕食まで自由時間。その時間を昭は夏休みの宿題をする時間に当てた。夕食後七時半から、二人の神人と住み込みのおばさん達と夕方のお勤め、皆で祝詞を奏上する。その後はお風呂に入って寝るまで自由時間。一日のスケジュールは、だいたいがこんなふうだった。ご主人の神主さんと奥さんも用がある時だけ社務所に姿を見せるが、たいていは社務所の裏手にある別棟で過ごされているようであった。

こちらへ来てから一週間くらい経って、昭は児玉君に暑中見舞いを出した。はがきに無料奉仕のバイトで、神社奉仕をしているということを書き添えた。書き終えると、それを近くのポストに投函した。村の郵便局までの道は暗く静かだった。星がきれいに輝いた夜空は、東京ではお目にかかれない夜空だった。

その夜、昭は家から持ってきた一冊の本を机の上に載せた。山本周五郎の本で「紅梅月毛」が収録されていた。短編なので、すぐ読めた。読後、昭の胸にある温かさが流れた。

今日はお休みの日だった。天気も良かったので六日町の本屋さんまで行くことにした。村からはバスが一日二往復していた。朝の十時にバスに乗って約四十五分くらいで、六日町に着いた。社務所にいるとお金を使うということはなかった。こちらに来て初めてお金を必要とした。バス代と、本代と、食事代である。バスを駅前で降りるとすぐ本屋さんは見つかった。小さな本屋さんである。昭は文庫本の棚を眺めて回った。しばらくあれこれと探していたが、結局、太宰治の『富嶽百景』を買うことに決めた。まだ十一時をちょっと回ったくらいの時間である。帰りのバスは午後二時二十五分である。昭は、まあ、いいや、バスの時間まで、喫茶店でこの本、読んどこ、と思った。土産物屋の二階の喫茶店を見つけると昭は、階段を上がって店内に入った。客は誰もいなかった。クーラーが効いていて涼しい店であった。窓際のボックスに席を取ると、カレーライスを注文した。昭はカレーライスを食べ終わると、アイスコーヒーを頼み、買ったばかりの本を開いた。わずかの時間で読み終えた。読後、清新な香りが残った。太宰はいいなあと思った。と言っても昭はそれほど太宰を読んでいるわけではなかった。『走れメロス』と『人間失格』を読んでいるだけだった。『人間失格』は暗くて好きになれなかった。しばらく読書の余韻を楽しんでいたが、何となく東京の児玉君は今頃どうしているのだろうと考えた。東京のクラスメートは夏期講習を受けて頑張っているだろうなとも思った。そうしてとりとめもないことを考えているうちに早いもので、バスの時間がきたので、店を出て、すでに停車しているバスに乗り込んだ。

毎日が嘘のように静かに流れていった。ただお昼の配膳の時だけ慌ただしかった。ふとこの社務所を取り仕切っている斎藤さんの人生について考えを巡らした。昭は部屋でゴロリと横になりながら、人の一生ということについて考えてみた。都会でがむしゃらに生きるのも人生、こういう村里で静かに生きるのも人生。どっちがいいかわかんないなあと思った。

それから、二、三日すると児玉君から暑中見舞いの返事が届いた。はがきには、故郷を持っている相田が羨ましいということが記されてあった。もうお盆も近くなった。参拝登山の信者さんたちも姿を見せなくなった。昭は家へ帰るか、と思った。そのことを奥様に話してみた。奥様は「わかりました。よくやってくれました」と言って、奥へ引っ込むと、しばらくしてから姿を見せ、「これ帰りの汽車賃と少ないけどバイト料です」と包んだものを渡された。

その日をもって、昭の神社奉仕は終わった。これといった感動はなかったが、静かな日々を送れたことに、昭は感謝したいと思った。

八月十二日に兄の家へ帰ると、お盆が過ぎたら東京へ戻ることを兄に告げた。昭は東京へ戻る前に、川上さんに会おうと思った。十四日の夜、川上さんのところへ電話した。そして明日、午後二時に〝コスタリカ〟という喫茶店で会うことに決めた。

翌日、カンカン照りの中、昭はその喫茶店へ約束の時間に出掛けた。二時十五分前なので川上さんの来るのをアイスクリームを食べながら待った。二時きっかりに川上さんは喫茶店のドアを開けて入って来た。

「こっち、こっち。川上さん」

昭は手を振った。

「待った」

と言いながら、川上さんは、昭のボックスの向かいの席に腰を降ろした。

「久しぶり。この前会ったのは去年の夏だったから一年ぶりだね」

昭は、久闊《きゅうかつ》を叙《じょ》した。

「あきら君、変わりなかった」

「うん。元気でやってた」

昭は川上さんに、この夏、神社奉仕をして過ごしたことを話した。川上さんは、

「へー。勉強になった」

「まあね。それにしても寂しいところだよ。あそこは」

昭は溜め息をついてみせた。

川上さんは、女子高を卒業し、お父さんのやっている金物問屋の事務を担当していた。

今日は、お盆休みということであった。文学少女の川上さんは「何か、いい本読んだ」と

尋ねてきた。

「夏休み前に高村光太郎の詩集。『智恵子抄』を読んだよ。あれは良かった」

昭は期末考査の直後に読んだ光太郎の詩集を挙げた。

「〈レモン哀歌〉とか〈樹下の二人〉なんか、こちらの魂まで洗われるよ」

と話すと、川上さんは、

「それって高校の時、国語の教科書に出てきた。〈レモン哀歌〉」

川上さんは、高校時代を懐かしむように言った。

昭は噛み締めるように「一人の女性をあんなに清らかに愛せる光太郎は倖《しあわ》せだよ」と言って、アイスコーヒーをストローで飲んだ。

「そうよねー」

川上さんも相槌を打った。

昭と川上さんとは一年も会わずにいたのに、会うと毎日会っている者同士のように話が弾んだ。そしてどちらも男と女の枠を超えて何でも話し合えた。それは二人とも文学が好きだったからかもしれない。

「お父さん、元気」

と尋ねてみた。

「父は今、B社から回想録を頼まれて執筆活動中。そう言えばねー。この前、海音寺潮五郎という作家から父に手紙が来ていた。何か知り合いらしいのね、それでついこの間、海音寺潮五郎の『まぼろしの琴』ていう小説を読んだの、面白かったよー」

川上さんの語るところによれば、主人公の若者が狩りの途中で知り合った高子という女性に恋する話ということだった。

「ストーリーは言わないことにするわ。自分で読んで」川上さんはイタズラッぽく笑った。

それから二人は映画の話や音楽の話をして別れた。別れ際、川上さんは「あきら君。苦学、大変でしょうけど頑張ってね」と勇気づけてくれた。

翌日、列車に乗り、東京へ戻って来た。昭は八月二十一日からの夏期講習に参加した。

また、苦学生の生活が始まった。

夏休み、故郷で過ごした昭《あきら》は、東京に戻ると、また新聞店でアルバイトをし、昼間は通学という苦学生の生活を送っていた。秋が来て、爽やかな風が吹き始める頃、クラスメートの近藤君のお父さんが亡くなった。「近藤君が学校を休むなんて珍しいな」と思っていたら、実はそういうことだった。そのことは後でわかったことで、最初はクラスの誰もが知らないことであった。

近藤君はお昼休み、「この本、面白いよ」と、昭に見せてくれた。昭はその本を近藤君から受け取ると、表紙のタイトル文字を読んでみた。『されどわれらが日々』柴田翔とあった。

「近藤、この本、借りていい」

昭は読んでみたいと思って近藤君に言った。

「うん、いいよ」

近藤君は快く承諾してくれた。

「近藤、帰りにお茶飲んで行かない。この本について知りたいことがあっから」

昭は下校時に、近藤君とダベってみたかった。

「ああ、いいよ、俺も話したいことあるし、じゃ、放課後な」

近藤君は返事をすると中庭の方へ出て行った。空は晴れて明るい日差しが射していた。

放課後、昭は近藤君と五反田の喫茶店〝ルノアール〟へ行った。授業は今日は五限で終わったので、昭は夕刊の配達まで、時間には余裕があるな、と思った。店に入ってテーブルに着くと、ウエイトレスがお冷やとおしぼりを持って来た。近藤君と昭はコーヒーをオーダーした。ウエイトレスがいなくなると、近藤君は淋しそうに、ぽつりと言った。

「相田、俺の親仁《おやじ》、この前死んじゃってさ。交通事故で」

昭はびっくりした。近藤君の話によると、近藤君のお父さんは個人タクシーの運転手をやっていて、無謀な若者の運転する車にぶつけられて、打ちどころが悪く、即死ということだった。運が悪いとしか言いようがなかった。

昭は慰めようがなかった。

「俺、大学へ通えないかも知れない」

と近藤君は力無く言った。

「大丈夫だって、バイトをやりながらでも行くんだよ、近藤、いろいろ家庭の事情はあるだろうけど、大学進学はアキラメルナ」

昭は叫ぶように言った。

「叔父が面倒を見てくれるとは言ってくれているけど……叔父の家だって大変だと思うんだ。普通のサラリーマン家庭だし、大学の入学金だって馬鹿にならないし」

近藤君は弱気な口調で話した。

「昼間部の通学が難しければ、夜間部の大学へ入るのも一つの手だよ。昼間アルバイトをやって、学費を作るのよ」

昭は思いつくまま話してみた。

「そういう手があるか」

近藤君の頬が幾分明るくなった。

「まだ、一年あるから、そう結論を急がず、じっくり考えてさ」

「うん」

近藤君が頷いた時、ウエイトレスがコーヒーを運んで来た。

「ところでさ、この本、どういう内容の本」

昭はカバンの中から、近藤君に借りた本を取り出し、尋ねた。

「それね、すごく感動した。学生時代の思い出が書いてあってさ、学生運動のことも書いてあるよ」

近藤君は急に目を輝かせて、話した。

「じゃ、今晩、読んでみっか」

昭は手で本をたたくと、その本をカバンに仕舞った。それから二人は映画の話や音楽の話をして別れた。別れ際、昭は五反田の駅の改札口へ入って行く近藤君に向かって言った。

「近藤、元気出せよ」

近藤君は白い歯を見せて、頷いて元気に昭へ手を振った。それを見届けると、昭は時計を見た。ちょうど三時半だった。四時半に夕刊の配達があるから、今から池上線に乗れば、充分間に合う。そう思いながら駅の階段を上った。

池上線の電車の中で、昭は死んだ父のことを想い出していた。普段はあまり父のことを考えることがなかったが、近藤君のお父さんが亡くなった話を聞いて、何だか急に父のことが偲ばれてきた。

昭の父は扶桑教という山獄神道の行者であった。行者名は空風行者と言い、位階は晩年の頃に、教会の本部から大教正を貰った。元々、教派神道の流れを汲む一派を、その生業としてきた家に生まれた昭の父は、大学の神道科で神道の学問を修めると、日本各地の修験道の道場や、神祭りの行われる霊山を訪れ、修行者の仲間入りをして、故郷へ帰ると布教生活に身を投じた。父が主に修行の場と選んだ山は、木曾の御嶽山であった。

父が若かった頃は、戦前のことになるわけであるから、あちこちに篤信家がいて、その人達がいわばパトロンになってくれた。当時は明治以来の神道を基軸とした皇道思想が、近代日本という国体の中に組み込まれていた時代であったから、その宗教的実践においては、さほど困難な弊害もなく、むしろ順風満帆であった。

そうした特殊な信仰の家庭の中で昭は育った。その家庭の持つ宗教的な雰囲気が昭に与えた影響ははなはだ大きく、父の書斎に今でも残されている古事記、日本書記、あるいは六国史などの歴史書もしくは神道関係の書物の中には、昭が少年時代に教えられた祝詞の本も含まれていた。昭は父に教えられた祝詞を、意味も分からず月次祭《つきなみのまつり》などには、白衣と袴を着せてもらい、同じようなイデタチの兄と共に、一緒に神殿に行儀よく座って、参拝人と一緒にあげたものであった。父の生きている間は昭は厳しい規律の中で生活したが、厳しいながら倖せであった。父が時々話してくれた大昔の神々の物語や、宗教家の話は昭を魅了した。役小角《えんのおづぬ》や弘法大師の話は今でも忘れられない。

母が死んだのは、昭がそんな幸福な毎日の最中であった。昔、看護婦をしていたという母は、生まれつき体が弱く、胸を患って病床に伏していた。昭が五歳になった冬の寒い日に、急逝した。まだもの心もついていなかった頃のことだったので、ほとんど母の顔は覚えていなかった。けれども何か温かいものに包まれていたという感じだけは残っていた。小首を傾けて、当惑した表情で見守っていてくれたその優しさ、香りといったものが、唯一の母の面影であった。父は母を亡くした二人の息子達には、それ以来だんだん我が儘を許すようになっていった。

我が儘に育てられた昭が十二歳になった時父は死んだ。昭は父の死んだ時のことをはっきりと覚えていた。小学校の六年生になった春のこと、授業の真っ最中に、美しい髪を長く肩のあたりまで垂らした事務員が昭のいる教室まで来て先生を呼んだ。教室の入り口のドアの所で、先生にひそひそと話をしていたが、まもなく帰った。事務員が帰ると先生はその伝言を伝えた。

「あきらくん、帰りなさい。家で急用が出来たから」

昭は、何が起こったのだろうか、病の床に臥せている父さんが、遺言でも残してくれるとでも言うのだろうか、と昭は昭なりに考えながら、机に開いていたノートや教科書類をカバンの中に投げ込んだ。

「ぼくはこれで早退《はやび》きするよ、君たちはまあ、ガンバッテくれたまえ」

昭は意気揚々と手を振りながら廊下に出た。

三階の自分の教室からトントンと階段を調子よく下りて行った。皆が勉強している時、先生の許しを貰って一人だけ下校するのは、何と気分が良いのだろう、と思いながら学校の玄関口へ出た。そこには昭の兄が笑って待っていた。

「何の勉強だった」

昭に優しく話し掛けた。

「こくご……」

「そうか、あきら、おまえ、後ろへ乗れ」

兄は昭に自分が乗ってきた自転車の荷台へ乗るよう促した。昭は兄の自転車の荷台へ跨った。そして思った。兄が俺を迎えに来ているのはおかしい、父さん死んだかも知れない。第一、今日の兄はバカに優しい。そして言葉に力が無い、と。

兄が昭を乗せるとペタルを漕ぎ始めた。運動場を通り抜けて校門を出た。何気なく、昭は三階のさっきまで授業を聴いていた自分の教室を仰ぎ見た。するとどうだろう。静かに授業を受けているはずの大勢のクラスメートが教室の窓の所にいっぱい集まっていた。先生も一緒だ。昭がそれを認めた時、昭の顔面が引きつった。父さんはもう死んだのだ。きっとそうだ。不安な名状しがたい、恐ろしい感情が一挙に昭の心に拡がった。

「父さん死んだ」

その一言をどうしても聞けなかった。兄は黙りこくったまま、自転車を走らせていた。昭は家に着くのが恐かった。が、昭の意志とは逆に、二人を乗せた自転車は、学校から五分とかからぬ家の門に着いてしまった。

「サルダヒコ様、御不動様、アマテラスオオミノカミ様、どうか父さんを救ってください」

昭は父から教えられた、八百万の神々の名を心に呟いて祈った。

茶の間には大勢の人達が集まっていた。昭は奥の病室に入った。叔母が父の枕元に座って泣いていた。昭を見て、涙声で言った。

「あきら、父さん、死んだよ……」

昭は悲しみが胸に突き上げてくるのを止めようがなかった。肩がガックリと落ちた。と同時に、父の枕元へ、五体が崩れた。止めどなく涙が溢れ出た。大声で泣き喚いた。

昭が死んだ父のことを想い出しているうちに電車は旗の台に着いた。乗客は大勢降り、大勢乗って来た。電車は下校時の高校生や大学生で、かなり混雑していた。電車のドアが閉まると同時に「あきらさん」という声がしたので、昭は顔を上げた。

「今、帰りですか」

声の主は礼子ちゃんだった。礼子ちゃんは座席に座っている昭の方へ近寄って来た。礼子ちゃんは昭が夕刊の配達の後、いつも英語の勉強をする駅前のケーキ屋兼喫茶店〝フランセ〟のお嬢さんである。いつも夕方、お店の手伝いをしていた。話によると、お母さんが夕食の準備をしている間、彼女がお店へ出てお手伝いをしているとのことだった。昭が毎夕、コーヒーを飲みに行くので、それで彼女とは自然と言葉を交わすようになっていた。礼子ちゃんは、旗の台にあるK女学院の高等部の一年生で、昭より一学年下であった。彼女が重そうにカバンを両手で下げていたので、昭は手を出して言った。

「やあ、こんちは。カバン持とか」

「有難うございます」

昭は彼女の学生カバンを受け取ると、膝の上に載せていた自分のカバンの上に載せた。ミッション系のK女学院の制服を着た礼子ちゃんの姿を見るのは昭は初めてだった。なぜなら、店では私服だったから、礼子ちゃんは丸顔で髪を肩のあたりまで垂らした可愛い眼をしたお嬢さんだった。

「普段はもっと早く帰って来るんだけど、今日は五反田で友達とお茶飲んできたから遅くなっちゃった」

昭は笑って礼子ちゃんに話し掛けた。

「そう。それはそうと、私、学校でスペインギター同好会に入っているんですけど、近く学園祭があって、それで演奏会を持つんです。お友達誘って聴きに来てください。無料です。会場はうちの学校の講堂」

礼子ちゃんは昭より年下のせいか、昭には丁寧な話し方をした。

「演奏会か、いいな、ギター聴きたいなぁ、それって何日」

音楽好きな昭は、ほとんどその気になっていた。

「来月の文化の日です。午後一時半から、三時半までです。スペインギターだけでなく、音楽祭だから、マンドリンの演奏や、ブラスバンドやコーラスもあります」

礼子ちゃんは電車の吊り革に摑まりながら、顔を近づけて話してきた。昭は文化の日、クラスメートの児玉君と、それに今、別れたばかりの近藤君を誘って行こうと思った。

「じゃあさ、友達と三人で行くからさ、招待券三枚頂戴」

「ゴメンナサイ、今、持っていないんです。家にあるから、後で店の方へ取りに来てください。夕方、コーヒー飲みに来るでしょう。私、用意しておきます」

「じゃあ、その時」

昭は何だか楽しくなった。

「どんな曲、弾くの」

「勿論、〝禁じられた遊び〟とか、〝アルハンブラの思い出〟と言った名曲。あ、会場でプログラムが渡されると思います」

二人がそんな話をしているうちに、電車は石川台に着いた。二人は電車を降り、改札口を出た。

「じゃ、夕方、お店に寄るよ」

「はい、待ってます」

礼子ちゃんは頭を下げて、それから駅前の自分の家である洋菓子店〝フランセ〟の中へ姿を消して行った。

昭は夕刊の配達が済むと、暗くなった道をいつものように〝フランセ〟へ歩いて行った。昼間、近藤君から借りた本を持って、今日はこれを読もうと思った。〝フランセ〟は表が洋菓子店になっており、その奥が小さな喫茶店になっていた。昭が店の中に入り、テーブルに着くと、礼子ちゃんがカウンターの中から出て来て、おしぼりとお冷やを持って来た。

「ホットですね。それから招待券三枚ね。用意しておきました。必ず来てくださいね」

「行くさ。それに男子高校生がK女学院の校舎の中に入れるのは、こんな時しかないもんね。少し不謹慎かな」

昭は礼子ちゃんが差し出す招待券を受け取りながら、礼を述べた。

K女学院の学園祭が行われる文化の日は、どんよりと曇って少し肌寒く感じた。昭は旗の台の駅のホームで、児玉君と、近藤君を待った。二人に招待券を渡して、三人で音楽祭へ行くことを約束しておいたのである。時計を見ると十二時五十分だった。

もう来る頃かと思っていると、五反田方面からの電車が来た。電車が止まるとドアが開き、児玉君と近藤君が二人揃って、電車から降りて来た。

「じゃ、行こか」

三人は顔を見合わせると、改札口を出、会場へと急いだ。K女学院は大通りに面していた。石造りの校門にはデコレーションが取り付けてあり、学園祭らしい雰囲気だった。三人が校門を潜って校内に入ると女学生でいっぱいだった。父兄の姿も見受けられた。それにしても男性の姿が少ないんで昭達は少し恥ずかしかった。講堂は中庭に面して位置していた。昭達三人は入り口へと進んだ。

入り口で澄んだ眼差しが美しい女学生からプログラムが手渡された。昭達は胸をドキドキさせながら、それを受け取った。そして、プログラムを見ながら、講堂の中に入った。もう一時十五分である。

まもなく開演である。会場は満席に近い状態である。昭達は前の方の空いた席に腰掛け、静かに幕が開くのを待った。

開演の時間になり、講堂内の照明が消え、幕が開いた。音楽祭実行委員長が生徒を代表して挨拶を述べた。プログラムを見ると、音楽祭は第一部と休憩を挟んで第二部があるというようであった。第一部の始まりである。ステージに、マンドリンを持って部員が十名程出て来て、揃ってお辞儀をした。いよいよ演奏である。一曲目は「波濤を越えて」である。マンドリン演奏が始まった時、この曲、聞いたことがあると思った。そしてマンドリンって独特の音色だな、とも思った。二曲目は、ぐっと趣を変えて「出船」であった。昭は児玉君と「この曲はいい曲だね」と囁き合った。三曲目は高校生に親しみのもてる曲として選んだのだろう、映画『ボーイ・ハント』のテーマソング「ボーイ・ハント」だった。曲が終わるたびに会場から拍手が湧いた。

マンドリン演奏が終わると、いよいよ礼子ちゃんの出番のスペインギターの演奏である。礼子ちゃんは十二名いる演奏者のうち、右から三番目の椅子に腰掛けて、演奏の準備をしていた。昭は心の中で、礼子ちゃん、ガンバッテと応援した。一曲目は「禁じられた遊び」が演奏された。ギターの音色が快かった。昭は映画『禁じられた遊び』は観ていなかったがこの曲は知っていた。一曲目が終わると、続いて二曲目、「カミニート」である。この曲はタンゴ名曲集の中の一曲として、昭は知っていた。三曲目は名曲「アルハンブラの思い出」だった。静かな旋律が何とも言えなかった。最後四曲目は「ある恋の物語」だった。難しい曲をやるもんだなあと昭は溜め息をついた。これは歌があったら、なおいいんだけどとも思った。四曲目が終わって二十分の休憩があった。

休憩が済んで第二部の開演である。今度はブラスバンドの演奏であった。高校生らしくていいんだけれど、少し興ざめの感がしないでもなかった。プログラムは進んで、最後は合唱部の発表であった。一曲目は皆に馴染みのある歌から始まった。映画『タミーとドクター』のテーマソング「タミー」である。昭は、タミー・ターミーと小さな声で唱和した。あの映画、良かったもんな、特にこの曲をヒロインが歌うところなんて最高だったもんな、とコーラスを聴きながら、昭は映画のシーンを想い出していた。合唱の二曲目は「アベ・マリア」だった。近藤君が昭に「やっぱり相田、キリスト教の学校だな」と囁いてきたので、そうだなと昭も思った。女学生の澄んだ歌声はとても感動的だった。そして締め括りの歌は、「菩提樹」だった。清らかな歌声に昭達は魅了された。音楽会がハネた後、ぞろぞろと講堂を出、昭達三人は、「来て良かったな」と話し合った。

昭達三人は会場を後にして駅へ出た。駅でそれぞれ別れ、電車に乗り、昭は呟いた。楽しみも終わった。もうすぐ一ヶ月もすれば、二学期の期末考査だ。ガンバラなくちゃ、と。

昭《あきら》は高二、今日で二学期の期末考査が終わる。登校時に校門の所で児玉君に、後方から呼び掛けられた。

「おはよう、相田、今日でテストは終わりだ。ところでどうする、冬期講習、俺、受けるよ、相田は」

「児玉が受けるんなら、俺も受けようかな。どっちみち、十日間だけだろ」

昭の学校では十二月の二十日から冬休みである。二十日から二十九日までの十日間、ぶっ通しで冬期講習が行われることになっていた。キャンパスを歩きながら、児玉君は興味深いことを言った。

「英語の講習はトルストイの小説を一冊、英語で読むんだって、飯田先生が言ってた」

「そりゃいいね、俺、講習受けよ。決めた」

文学好きな昭は何だか楽しくなってきた。いいニュースを児玉君から聞いたので、ルンルン気分で校舎へ入った。

予定通り、期末考査の最終科目の二時間が済み、ホームルームに入った。担任の飯田先生は、何枚ものプリントを生徒に配布して、こう言われた。

「来春、三学期の初めに、英単語のコンクールがあります。今配ったプリントは、基本単語二千から五千までの単語です。スペルじゃなくて意味の方のテスト、しっかり暗記してコンクールに臨むこと。出題数は百コ、一コ一点、九十点以上は開拓社の『英英辞典』が賞品として出ます。八十点以上はソーンダイクの単語帳。冬休み、しっかり暗記」

「こりゃ大変だ」

クラスの誰かが叫んだ。皆がどっと笑った。

昭もそう思ったが、考えてみると基本単語の五千語から一万語というなら、新出単語がいっぱいあるから大変だが、二千から五千までの単語なら既習の単語のおさらいだから、大したことないな、と思った。

その後、飯田先生の連絡事項があり、ホームルームが終わった。

その日、昭は夕食を済ませると、自分の部屋に入って机に向かった。先生から今日貰った英単語のプリントの束を鞄から取り出し机の上に拡げた。プリント一枚に三百語、英文タイプで打ったものが印刷されていた。それが十枚あった。昭は呟いた。これをまずレポート用紙に書き写す。次に辞書で単語の意味を引く。この作業を五日で終わらすこと、一日プリント二枚分はあげること、あとは冬休みの暗記。約二十日近くあるから、他教科の勉強はほどほどにして、これ専一に励むべし、と、早速、レポート用紙に単語を写し始めた。時計を見たらちょうど七時半だった。ＢＧＭを流すかと思って、レコードをかけた。曲は「ウエスト・サイド・ストーリー」のサントラ盤。写すだけの作業だから、ながら勉強でイイヤと思った。単語を写しながら、結構知っている単語ばっかりだな、と思いながら、幾分気が楽になった。八時半頃まで書き写すとプリント一枚分が仕上がったところで小休止、レコードの曲を変えた。今度は「ウィーンの森の物語」にした。ワルツもイイナと思った。音楽を聴きながら、そうだ、単語暗記の計画表を作ろうと思った。二十日で完全マスターすることにして一日百五十語暗記する予定を組み、計画表を作って、それを壁に画鋲で留めた。書き写しをもう一枚やるかと思って、またその作業を再開した。昭はこういった学習を勉強とは思わなかった。あっちのものをこっちへ写すだけのものは勉強とは言えず作業だと思った。その作業も、あと一枚分を仕上げると九時四十分を回っていた。少し休憩をとるか、コーヒー飲み行こ、昭は机の上の勉強道具を片付け、階下へ降りた。階下では同室の芦田君が一人でテレビを観ていた。

「芦田君、コーヒー飲みに行かないか」

昭は芦田君をコーヒーに誘った。

「いいよ。まだ寝るのは早いし」

芦田君はそう返事をすると、テレビを消した。昭と芦田君はサンダルを履くとドアを開けて、外へ出た。新聞店の一軒置いた隣が、〝バンブー〟という喫茶店だった。アルコール類も置いてあった。二人は〝バンブー〟のドアを開け中に入った。客は誰もいなかった。店は四人掛けのボックスが三つあるだけで、あとはカウンター席が五つある小さな店である。バーテンの清水さんとママさんが笑顔で迎えてくれた。ママさんが昭達に尋ねた。

「何にする」

「コーヒー、いやジンフィズ」

昭はなんだか冷たいものが飲みたかったので、ジンフィズをオーダーした。

「芦田君は」

「僕もフィズでいいや」

芦田君は同じものをオーダーした。

清水さんは二人のオーダーを聞くとカウンターの中でシェーカーを振った。

芦田君はN学園高校の三年生で来春卒業である。この夏、新宿にあるK書店の就職試験を受け、就職が決まっていた。店内にはプラターズの「オンリー・ユー」が流れていた。芦田君はポケットからハイライトを出して、その一本を銜《くわ》えると、火をつけた。芦田君は高二の頃からタバコを吸っていた。昭はタバコを吸うと記憶が鈍くなると聞いていたので、タバコは吸わなかった。昭は芦田君に尋ねた。

「いよいよ卒業だね。店にいつまで」

「三月一日が卒業だから、その頃、新宿へ移るさ」

「三年間、ごくろうさん」

昭はねぎらいの言葉を掛けた。バーテンの清水さんが「どうぞ」と言ってジンフィズをカウンターへ差し出した。昭はチェリーを摘むと口の中へ入れた。

「昭ちゃんは、あと一年か。高三の一年間てすごく短いよ」

芦田君はこの一年間を振り返るようにして言った。そしてジンフィズに口をつけた。

「そうかも知れないね」

昭は実際そうだろうなと思って返事をした。

「昭ちゃんは大学へ進むんだろ。僕も大学へ進みたかったけど、あまり学校の成績いい方じゃなかったから、それに大学の入学金は都合つかないしね」

「俺はね、浪人してでも働いて入学金を作るよ。覚悟は出来てんだ」

昭ははっきりと言った。

「大学出て何になりたいの」

芦田君は昭に問いかけた。

「これといってなりたい職業は決まってないけど、文学は勉強したいことだけは確かなんだ」

昭は正直に話した。

「じゃ、文学部へ進むんだね。出版社か新聞社かへ入るんだね」

芦田君はマニュアル通りのアドバイスをした。

「ところで俺、時々、詩を書いているんだ。たったの五篇か六篇しか出来てないけど」

そういって昭はジンフィズの残りを飲み干した。

「昭ちゃんは、誰が好きなの、好きな作家」

「特に無いけど、しいて言えば三浦哲郎かな」

「へー『忍ぶ川』書いた人」

「そう、今読んでいるの、パール・バックの『大地』面白いよー」

「あんな長いの」

「うん、長い」

昭は呟いた。

それから芦田君はガールフレンドの西野さんの話をし始めた。来春、K書店の社員になったら下宿も変わるので、今までのように頻繁には会えなくなってしまうというようなことを言っていた。そしてポツリと呟いた。

「僕等の仲、どうなるのかな」

「なるように、なるって」

そう言って昭は笑った。

そんなことを話していると、バーテンの清水さんが、映画『草原の輝き』について語ってくれた。主演はリチャード・ベイマー、ナタリー・ウッドだそうである。その映画のストーリーを簡単に清水さんは話した。

「ラストのところで、ワーズワースの詩が出てきてね、〈草原の輝き、花の栄光、そはふたたび帰らじとも、その奥に秘めた力を見い出すべし〉ってね、わかる」

今年の四月に水戸の高校を終えて、ここのバーテンさんをやっている清水さんも若い。

「そのうち東急名画座でやると思うから、そうしたら観てらっしゃいよ」

と勧めてくれた。そんな話をしているうちに時計の針は十時半を回った。昭と芦田君の二人はお勘定を払って外へ出た。

翌日、昭は朝食後、仮眠をとって十時に起きて英単語の単語帳作成をするために、駅前の喫茶店〝フランセ〟へ行った。十二月にしては良く晴れたポカポカ陽気で気分が良かった。いつもの席に座って、勉強道具を拡げコーヒーを飲みながら作業を開始した。昼食の時間まで約二時間そうやって勉強した。昼食の時間がきたので、喫茶店を出て近くのカレー屋さんへ入り、カレーを食べた。単語帳作成の今日の予定分はまだ残っているので、寮へ帰って続きをやろうと思った。寮へ帰って夕刊までの時間、単語帳作成をしながら、こういう単純な作業は疲れるな、と思った。

夕食後、芦田君と銭湯へ行った。銭湯から出て来て、隣のパン屋さんでアイスクリームを買って芦田君と二人でアイスクリームを舐めながら帰って来た。

夜八時。今日はNHK第二で高校通信講座〝古典〟のある日である。昭は机にテキストを開け、ラジオに聴き入った。今日は「伊勢物語　小野の雪」である。講座の内容は、世に入れられない惟喬親王が出家した寺へ業平が訪ねて行く話だった。三十分、その講座を聴いて思った。早く大学に入って、こういうものを研究出来るようになりたいなあと。ラジオ講座を聴き終えて、階下へ降りて、明日の朝刊の折り込み作業に入った。広告のチラシの何枚かをセットしておく作業である。今日はチラシが多く、一時間はかかりそうである。数人の店員さんと冗談を言いながら、その作業に従事した。やっと折り込み作業を終えると九時半を回っていた。休憩をとって十時から、日本史の問題集を一時間やることにした。今日やるところは、江戸の思想家の歴史である。藤田東湖とか山崎闇斎とかいった学者達の活躍ぶりを昭は勉強しながら思った。文学もいいけど、歴史も面白いなと。

十九日に二学期の終業式を終え、翌二十日から冬期講習が始まった。私立文系型は一限目が国語、二限目が英語だった。児玉君は理系だから、一限目は数学の方の教室へ出席すると言っていた。二限の英語で一緒になろうと昭と児玉君は話し合った。

一限目の国語の受講生は十五人くらいだった。普段の授業形式ではなく、演習形式の授業だった。大学入試の過去問をやるのである。今日は、古文と現代文の融合問題だった。芥川龍之介の『地獄変』と『宇治拾遺物語』〈絵仏師良秀家を焼くるを見て悦ぶ事〉を論じた文章だった。最初の三十分は生徒が問題を解き、あと三十分で先生の解説があった。最後に芸術至上主義の作品について先生の講義があり、その時間が終わった。昭はいつか自分も芥川の『地獄変』のような小説が書けたらいいな、と思った。そうなるまでにはどれだけ勉強すればよいのだろうとも思った。

二時間目は英語だった。児玉君が言ってた通り、トルストイの『イワン・ディビソニッチの一日』という小冊子が配布され、授業が始まった。受講生は三十人だった。

昭は児玉君と机を並べて講習を受けた。近藤君も出席していた。授業に入るまで飯田先生から、『イワン・デイビソニッチの一日』の簡単なあらすじの紹介があった。

商用で旅に出、不運なことに盗賊に間違われ、主人公はシベリア送りになるというストーリーであった。昭達受講生は代わる代わる読んで訳をやった。難解なところは先生が助け船を出してくれた。そんな冬期講習も済み、その年も暮れた。

元日の朝、朝刊の配達を済ませると、店員同士の新年会があった。お節料理を食べながらいい気分で酒を飲んだ。新年会も終わる頃、昭に電話が入った。児玉君からだった。三日の日にローラー・スケートを滑りに行かないかと言うことだった。昭はその話に乗ることにした。

当日、山手線の目黒の駅のホームで昭は児玉君を待った。朝十時の約束だった。昭は十分前に約束の場所に着かないと気の済まない性分で、その日も十時十分前には駅のホームにいた。昭は紺のブレザーにグレーのズボンを穿き、中はエンジのタートルネックのセーターを着込んでいた。遊びに行く時は私服である。昭が腕時計を見ると十時五分前である。

「もうすぐ来るな」

そう思っていると、目蒲線の階段を降りて来る児玉君の顔が見えた。昭はそっちの方へ手を振った。児玉君はグレーのブレザーに黒のズボンを穿き、白のタートルネックのセーターというでたちだった。昭を認めると、軽く手を挙げた。

二人は代々木で中央線で乗り換え、水道橋まで出た。そして後楽園のローラー・スケート場で入場券を求め、中に入った。お客さんは大勢だった。二人がローラー・スケートを履いて、リンクに入ろうとした時だった。二人の前を進む女の子二人連れの一人がひっくり返りそうになった。

「あぶない」

児玉君が女の子の体を両手で支えた。

「すみません、有難うございました」

女の子が恥ずかしそうに礼を述べて言った。

「私たち、ローラー・スケート、あまり巧くないんです。教えてください」

児玉君は昭の方を見て尋ねた。

「どうする、ローラー・スケート教えてだって」

「いいじゃないか、四人で滑ればいいさ、最初はペアーを組んで滑ろうぜ」

昭は気軽に応じた。ひっくり返りそうになって児玉君に助けられた女の子は黒のタートルネックに黒のズボンを穿き、茶のジャンパーを羽織っていた。もう一人の女の子は赤いセーターを重ね着して緑のズボンを穿いていた。自分たちの申し出が快諾されると、二人に笑みが浮かんだ。それぞれペアーを組んで、リンクに上がった。昭は赤いセーターの女の子と滑った。思ったより女の子はローラー・スケートが巧かった。児玉君達のペアーは昭の後方から滑って来た。

「けっこう滑れるじゃん」

昭は手をつないだ女の子に言った。

「そうですか、少し恐い」

「高校生」

「はい」

「何年生」

「一年生です」

「どこの学校」

「T女子学園」

「ぼくはR高二年」

滑りながら二人は話し合った。

リンクを三周して二人は休んだ。児玉君達のペアーも休んだ。四人は売店へ行ってフランクフルトを注文した。

四人は美味しい、美味しいと言いながら食べた。

「今度四人で滑ろう」

昭が提案した。残りの三人も同意した。

リンクの端から四人は手をつないで、一斉に滑った。三周して、休んだ。

「もう疲れたな」

昭は三人に言った。

「ええ」

二人の女の子も疲れたようだつた。

児玉君がジュースを飲もうと言う。四人はまた売店へ行ってオレンジ・ジュースを注文した。

「相田、おなか空いたな」

「おれも」

「食事に行くか」

児玉君は女の子に向かってこう言った。

「だいぶ滑るのに慣れたでしょう、僕達、食事をして帰るから、あとは二人で仲良く滑って。じゃあね」

「はい、今日は有難う、楽しかった」

二人の女の子は礼を述べた。

表に出て駅前のラーメン屋によって、昭と児玉君の二人は昼食を食べた。ラーメンをすすりながら昭は言った。

「さっきの女の子たち、可愛い子だったね」

「T女子学園って言ってたよ」

児玉君は二人の通っている学園の名を言った。

「相田は男女交際をする気あるの」

児玉君はヘンなことを聞いてきた。

「女の子に興味がないといったら嘘になるけど、受験勉強の方が大事だし、そうあれもこれもやれないって」

昭は面倒くさそうに言った。

「全くだ、おれがガールフレンド作ろうもんなら、おふくろは怒るぜー」

「児玉のところはな、そんなことより英単語、進んでる」

昭は話題を変えた。

「あと少しだ、冬休み中には完璧に覚えるよ」

児玉君は順調に進んでいるようだつた。

「おれもだいたい暗記した。あと一回おさらいすれば大丈夫」

昭はラーメンの汁を飲みながら言った。

二人は食事を終え、外へ出た。駅で切符を買い、ホームへ出た。

昭の高二の冬休みが終えようとしていた。

昭《あきら》は高三になった。新学期が始まり、クラスの皆は大学の志望校を決め始めた。そんな中で、昭は志望校は決まっていなかった。漠然と国文科にしよう、ということだけが決まっていた。業後の補習授業では英語の長文暗記が課された。昭は、やるしかないな、と思い集中して長文を暗記した。昭は私立文系型の勉強をしていたので、科目は国語と英語と日本史を勉強していた。昭は受験勉強の合間合間に読書に親しんだ。一学期の中間考査明けの現代文の授業では森鷗外の「高瀬舟」という単元をやっていた。教科書では「高瀬舟」の前半しか載っていなかった。昭は学校の帰りに本屋に寄って、森鷗外の文庫本を買い求めた。夕刊の配達後、いつもの喫茶店へ行き、「高瀬舟」の教科書に載っていない後半部を読んだ。その文庫本には「高瀬舟」の他に「魚玄機」と「じいさんばあさん」と「最後の一句」が収録されていた。

夜、新聞店の折り込みの作業が終えると、部屋でひっくり返って、「魚玄機」を読んでみた。短編なのですぐ読めた。読了後、中国の娼妓文学もやったら面白いんだろうなと思った。そして俺は将来、文学で身を立てよう、そう思った。昭がそう思ったのには理由があった。文学はどこの大学を出たとか、あるいは門閥といったことには一切かかわりなく、自分の才能だけが頼りというところが気に入っていた。一方では大学に入って日本文学を勉強してみたいなあという希望も持っていた。昭は中学時代から文学者になろうと思っていた自分に気が付いてハッとした。

早いもので一学期の期末考査も済み、もうすぐ夏休みである。今年も夏期講習が学校では行われることになっていた。昭は夏期講習には参加しない方針でいた。夏休み、自分で受験勉強しようと思っていた。受験勉強と並行して読書がしたかったからである。スタンダールの『赤と黒』、ヘルマン・ヘッセの『知と愛』、ドストエフスキーの『カラマゾフの兄弟』、トルストイの『戦争と平和』等、読みたい本は山ほどあった。

夏休みは天国であった。自由に本は読めるし、自分の計画通りに受験勉強は出来るし、言うこと無しであった。八月のある日、テレビで樋口一葉というタイトルで、一葉の生涯をまとめたものが放映された。浪人中の坂本さんと一緒に視聴した。昭は中学の頃、『十三夜』という小説を読んだことを思い出しながら、テレビを観た。テレビでは解説者が、「にごりえ」「大つごもり」「たけくらべ」について解説していた。昭は視聴後、夜十時までやっている駅前の本屋さんに走り、一葉の小説『たけくらべ・にごりえ』という文庫本を買ってきた。その晩、夜遅くまでかかって「たけくらべ」を読んだ。擬古文なので、最初、面食らったが、慣れたら、すらすら読めた。印象に残った点は信如が美登利の家の前で、雨の中、鼻緒を切り、難渋し、それを見ていた美登利の態度であった。そして最も深く心に残ったのは最後の件りであった。そこにはこう記されていた。

龍華寺の信如が我が宗の修業の庭に立出る風説をも美登利は絶えて聞かざりき、有し意地をば其ままに封じ込めて、此處しばらくの怪しの現象に我れを我れとも思はれず、唯何事も恥かしうのみ有けるに、或る霜の朝水仙の作り花を格子門の外よりさし入れ置きし者の有けり、誰れの仕業と知るよし無けれど、美登利は何ゆゑとなく懐かしき思ひにて遠ひ棚の一輪ざしに入れて淋しく清き姿をめでけるが、聞くともなしに傳へ聞く其明けの日は信如が何がしの學林に袖の色かへぬべき當日なりしとぞ。

美文だと思った。そして一葉の若さでこれほどの文章が書けるのを羨ましく思った。

夏休みも終り、二学期が始まった。昭がいつものように夕刊を配達していると、配達先の渡辺さんの奥さんから呼び止められた。渡辺さんの奥さんはこれまでに、昭にいろいろと良くしてくれる人であった。何故かというと、クラスメートの川田君のお母さんと友達で、その関係で昭のことをよく知っていたのである。

「お話がありますので、今晩、私のところへいらっしゃい」

「そうですか、じゃ、夕食が終えたら伺います」

昭はそう返事をした。夕食後、渡辺さんの家を訪ねた。渡辺さんの家はマンションの三階だった。昭はドアのチャイムを鳴らした。ドアが開いて、奥さんが昭を迎え入れてくれた。居間に通された。ご主人はいらっしゃらないようだった。

「相田君、話というのはね、他でもない、あなたの進路についてなんだけど」

奥さんは昭に紅茶を勧めながら話を切り出した。そして続けた。

「私の知っている新聞店では、大学の入学金も貸してくれる店があるんだけど、どうかしら、そのお店に変ったら」

奥さんは昭の大学受験について考えてくれていたのである。

「奥さん。今、僕がいる店も入学金は貸してくれます。けど、多額の借金を抱え込んで大学に通うのは一苦労だと思っているところです。一年浪人をして入学金を貯める方法もあるんですけど。僕の担任の飯田先生はＳ大の給費生の受験をしろ、と言うんです。入学金、学費が免除になるからって。僕はそれもいいかなと思っているんです」

昭は現在の状況を正直に奥さんに話した。

「じゃ、こうなさい。Ｓ大の給費生目指して思い切り勉強なさい。十月から卒業まで、私が生活費と学費の面倒をみましょう。今月いっぱいでバイトは辞めなさい。私のところは子供がいないから、半年間、私のところの子供になりなさい」

昭はびっくりした。バイトもせず、これから卒業まで学業に専念出来るなんて夢みたいな話だった。

「奥さん。ご主人の了解もなく勝手に決めていいんですか」

昭は昭なりに考えて尋ねた。

「あなたは余計な心配はしなくていいです。今は里親制度もある時代です。それにあなたにかかる費用は主人からは貰いません。私がやっている生け花の師範で得たお金で充分やってゆけます。私があなたの下宿を捜しておきましょう」

昭は縁もゆかりもない自分が世話になるのは何か心苦しいというか、考えてもみなかった話に当惑した。

「お話はとても嬉しいですが、このことはクラス担任の飯田先生に相談してみます」

「私が飯田先生に話しましょう」

話がまとまって、奥さんと別れて寮へ戻った。

それから三日後に昭は担任の飯田先生に、お昼休み、呼び出され、面談室に行った。先生は、にこやかな調子で話し出された。

「相田、昨日、渡辺さんが来て話を聞いた。この申し出受けよう」

「僕はこんなイイ話はないと思うんですけど、先方さんに迷惑じゃないんかな、と心配なんです」

「イヤー。人間の生活なんて、みんな迷惑をかけ合って生きているんサ」

話は決まった。しばらくバタバタしたが、十月一日から渡辺さんの家の子になった。池上線の御嶽山という駅の近くに下宿を世話してもらって、通学した。学校の帰りに渡辺さんのマンションに立ち寄って夕食を頂き、下宿まで歩いて帰った。

勉強は思いのほか、はかどった。三畳の下宿には蒲団と勉強机があるだけで他に何もなかった。昭は、人間本来無一物さと呟いた。S大受験は一月中頃ということだった。昭は必死の思いで勉強した。十一月の予備校で行われる模擬テストを児玉君と二人で受験した。結果は児玉君も昭も最優秀の印が答案に押されていた。昭の偏差値からいくと、私立文系ならどこの大学でも入れる判定が出ていた。まずまずだなと昭は思った。

二学期の期末考査がいつものように始まり、いつものように終わった。昭の結果は文系科目のほとんどがクラスでトップだった。けれども理系科目はそうはいかなかった。昭はまあ、いいさ、全科目トップというわけにはいかないしと心の中で思った。

冬休みは田舎に帰ることにした。奥さんは冬休み、社会勉強も兼ねて、十日間だけのアルバイトを世話してくれた。銀座のクラブのボーイだった。田舎へ帰る汽車賃が出来るな、と思った。それと文学をやるからには世の中のいろいろなことを知っておく必要があるしと思った。学校は十五日から試験休みへ入ることになっていた。十九日の終業式に出席すればよいだけだった。昭は十六日の夜から二十五日のクリスマスの夜までの約束でアルバイトを引き受けた。店のマスターが渡辺さんの奥さんの弟さんということだった。昭は午後三時に店に入った。

フロアーの掃除や便所を掃除して五時頃には完了した。六時開店だったが七時を過ぎなければ客は来なかった。六時キッカリにマスターが店へ来て、マネージャーと奥のボックスで何やらヒソヒソと話をして十五分も過ぎると店の外へ出てゆき、閉店になっても店へは顔を出さなかった。バーテンさんの話では三軒も店を持っているということだった。昭の仕事は客のコートを客から預かり、一卓に座った客のコートを一の番号のコート掛けに、客が二卓に座ったら二の番号のコート掛けに掛ける仕事だった。こんな楽な仕事でバイト料を貰っていいのかしら、と一瞬思った。店のホステスさんは美人が多かった。十五、六人はいた。クリスマスが近いので、クリスマス・ソングが店内に流れていた。夜は十一時半に帰宅させてもらった。店の名を〝レダ〟といった。新橋の駅に近い路地にあった。このバイトをやって四日目に会計の由加利さんから、チップですよと、何某かの配給があった。景気のいい客が、個人に出すチップではなく、従業員全員に出すチップなのである。昭は自分も貰っていいのか、と少し嬉しかった。マネージャーが、ある日、客のいない時、「相田、こういう店はネ、お客にビール二本と言われたら三本持って行き、計算書に四本と書き込むのが常識なんだヨ」と話してくれた。なるほど、銀座とはそういうところかと昭は感心した。バイトの最終日は日当八百円の十日分、つまり八千円のバイト料をマネージャーから渡された。

翌日。奥さんのマンションへ行き、バイトの様子をあれこれと話した。奥さんは微笑んで昭の話を聞いてくれた。その後、今日の夜行で田舎へ帰る旨を話した。

夜行で田舎へ帰ったので、田舎の駅に着いたのは朝の六時半だった。

薄暗かったが、何となく歩きたかったので、家まで歩くことにした。もっともこの時間では、バスはまだ走っていなかった。大通りを二十分くらい歩くと、本寺小路の朝市の賑わいにぶつかった。冬の朝日が輝き出し、暖かい日和になりそうだった。昭は朝市が懐かしく路地をブラブラしていた。

「あきらくーん」

路地の向うで昭を呼ぶ声がした。見ると、中学時代のクラスメート川上さんだった。よく川上さんとは会うなあと思った。

「こんなとこで何やっているの。いつ田舎へ帰って来たの」

川上さんは買い物籠を左腕にぶら下げて、昭に近づいて尋ねた。

「いや、たった今、帰って来たところさ。駅から歩いて来て朝市をブラブラしてたとこ」

「いつまでいるの」

「八日から学校が始まるから、五日に東京へ戻ろうと思っているの」

「それじゃ、三日の夜、私の家へ遊びに来ない。コスタリカで六時に会いましょう」

「うん。三日。六時ね。コスタリカで」

昭は川上さんと約束して別れた。

家に着いたその夜、食事を済ませると、茶の間にいる兄に、東京で、これまでの一年間をざっと話した。そして現在、渡辺さんの奥さんに世話になっていること、この冬は受験があること等を話した。兄は、そうかそうかと聞いていたが、昭が受験の話をすると、静かに話し始めた。

「昭、お前、大学はK学院に進んでくれないか、勝手を言うようだけど、神道の学問を俺にも勉強させて欲しいんだ。そういう神道関係の書物も出来たら、送って欲しいし」

兄の態度は真面目だった。神道の道を進んだ者の切実さが、その言葉にはあった。昭は即座に返事をした。

「いいよ。俺、特に入りたい大学は無いんだ。K学院の文学部へ進もう。大学の入学金は用意出来ないから、昼間部は無理だな。夜間部へ進むさ」

「昼間のバイト先の当てが無いなら俺の方で見つけてもいいよ。この町の金物会社は東京に営業所を持っている会社がたくさんあるから、昼間働いて、夜、大学へ通わせてくれるとこ、俺は、二、三、知っているから、当たってみよう。前の山田さんの営業所、どうだろう。ちょっと行って話をつけてこよう」

兄は向かいの山田さんの家へ話をつけに行った。しばらく経ってから戻って来ると、

「決めてきたぞ。山田さんの方ではいつからでも良いそうだ。大学の入学金も貸してくれるそうだ。五ノ町の伊藤さんのとこの上の兄ちゃん、お前も知っているだろう。彼、今、I大の三年生だって。山田さんの東京の営業所で元気でやっているそうだ。お前、それで良ければ、山田さんに挨拶してきな」

兄は事も無げに昭に話した。昭はともかく山田さんの家へ行ってみることにした。

「ごめんください。昭です」

山田さんの家の玄関の戸をガラガラと引いて声を掛けた。内から社長の奥さんが出て来た。

「昭ちゃん。今晩わ。さっきお兄さんから聞いたけど、うちの東京の営業所で働いてくれるんですって。よろしくね」

「こちらこそよろしくお願いします。で、どういうふうに段取りさせてもらえばいいのですか」

「それじゃね。東京へ戻ったら、九段の営業所へ尋ねて行きなさい。こちらで連絡を取っておくから。所長は午前中なら、いるから」

奥さんはそう言いながら、中央線の市ヶ谷の駅から営業所までの地図を書いてくださった。勤めるのは新年早々でも、一向にかまわない旨を話された。昭は学校の方は、三学期は授業は無く、週に一度、月曜の一限目にホーム・ルームがあるだけだから、一月から仕事に就く心積りでいた。

その夜、昭は二通の手紙を認《したた》めた。一通はクラス担任の飯田先生へ、もう一通は渡辺さんの奥さんへであった。給費生をねらってのS大受験はしないことにしたこと、経済的に楽なことだけを希望せず、K学院で昼間部ではなく、夜間の大学で頑張ってみることにしたこと、何故、K学院かというと昭の家は神道の家系であることを述べ、それに文学修業をしてみたいこと、夜間の大学で何かを見つけられなかったら、大学三年になる時、昼間部へ転部試験を受け、編入したいことを付け加えて、飯田先生に宛てて手紙を書いた。渡辺の奥さんにも同様なことを述べ、S大受験をせず、方向転換したことを詫びた。

翌日、昨夜書いた二通の手紙をポストに落とすと、昭は町の本屋さんへ行ってみた。本棚から、高見順の『今ひとたびの』という文庫本を引っ張り出した。これにしよう、そう言って昭はその本を買った。家に帰って昼飯が済むと晩までかかってその本を読んだ。とても面白かった。主人公と女主人公が最後でやっと倖せになれるかと思いきや、ヒロインがトラックに跳ねられて終わるところなど、巧い終わり方だなあと思った。

次の日、朝食を済ませると、コーヒーが飲みたくなり、町の喫茶店〝でんえん〟へ行ってみた。四人掛けのテーブルが五卓あるだけの小さな喫茶店だった。音楽はタンゴが掛かっていた。曲は「真珠採りのタンゴ」。昭はコーヒーを飲みながら、この三ヶ月の自分の生活を振り返ってみた。勉強勉強の毎日だったなあと思った。それなりに充実した毎日が送れたので、渡辺さんの奥さんに感謝しなきゃと思った。来春の四月には、昭のクラスメートの何人かは一流大学に入っていくだろう。きっと児玉君も医学部へ進むだろうと思った。彼等は裕福な家庭の子弟だから、俺とは違うな、と思った。でも他人は他人、俺は俺、それに運命というものもあるし、喫茶店の片隅で静かに昭は黙想していた。

元日は兄の教会の元日祭が行われた。大勢の信者さんが参拝に来て、祭式が執り行われた。昭も参列して祝詞を唱和した。式が済むと恒例の福引きが行われた。ミカン一袋を引き当てる人、銘酒八海山を引き当てる人、しばらく賑わった。参拝客もいなくなると、兄の補佐役の利彦さんと世間話をした。利彦さんは俳句を始めたことを話していた。昭は高二の頃から現代詩を書いていることを利彦さんに話した。その後、世話人衆と一緒になって、ささやかな新年会を持った。

三日の朝、東京のクラス担任の飯田先生から、昭に手紙が届いた。手紙には、相田の話はよくわかった。相田は普通の受験生とは少し違うところがあるし、本当に文学をやりたいんなら、大学は昼間部よりも夜間部へ進んだ方がよいかも知れない、というようなことが書いてあった。そしてこうも書いてあった。ともかく人にどんなに迷惑かけても一向かまわないから、これからの大学生活は相田の好きなように生きてみろ、とも書いてあった。太宰治のようにやりたい放題やってみろ、先生は相田にそういうふうに生きて欲しいと思う。うちのクラスで、それが出来るのは相田、お前しかいない、と付け加えてあった。昭は妙な励ましを飯田先生から受け、多少困惑したが、一方ではそう言ってくれた飯田先生に感謝したい気持ちになった。そして飯田先生が、いつか昭に話してくれたあるエピソードを想い出していた。それは先生が大学生の頃、一年生の時、計画的に大学を一年間休学して、好き勝手な生活を送ったという経験談だった。そういう先生だから、昭にこんな手紙をくれたのだと思った。昭は呟いた。俺の文学修業はすでに始まっているのだと。

夜六時きっかりに昭は喫茶店〝コスタリカ〟に入った。川上さんは奥のテーブルに来ていた。

「もう来てたの。早いね」

昭は川上さんの向かいに座った。

「どう、調子は」

川上さんは明るい声で話し掛けてきた。昭はこの一年間のことを簡単に話した。そして、新聞配達に代わって、昼間、金物会社のバイトをやりながら、K学院の夜間部に通い世の中をもっともっと広く見て、文学の糧にしたい心積りでいることを話した。

「昭君はいつも前向きな姿勢ね。感心しちゃう。男の人はいいわね。自分の思い通りに生きれて」

川上さんは羨ましそうに昭を見た。昭は話題を変えて、この前読んだ高見順の小説『今ひとたびの』のストーリーを、初めから終わりまで、それも詳しく川上さんに話した。川上さんは興味深そうに聞いていた。そして言った。

「昭君。それっていい小説ね」

「そうでしょう。高見には『胸より胸に』という小説もあるけどね」

そう言いながら、昭が時計を見ると、もう七時を回っていた。川上さんも時計を見て言った。

「私の家で百人一首をやりましょうよ。読み手は父よ」

「そう。僕は川上さんのお父さんにお会いしたいよ。何しろ、刀剣の研究家だもんね。川上さんのお父さんは。そういう人の話って聞きたいよ」

「案外、期待はずれかもよ。じゃ、行きましょうか」

二人はお勘定を済ませ、店の外へ出た。橋のたもとの川上さんの家へは十分くらいで着いた。川上さんは玄関の戸をガラガラと引いて、家の中へ声を掛けた。

「お客様よ。昭君。上がって」

昭は促されて、茶の間へ通された。茶の間では川上さんのお父さんが、お茶を飲んでいた。

「初めまして、夏子さんの中学時代のクラスメートの相田です」

昭は丁寧に挨拶した。

「相田君かね。お噂はかねがね、夏子から聞いています。夏子がいつもお世話になっています。どうぞ楽にしてください」

川上さんのお父さんは鶴のように細い人だった。そして背も高かった。川上さんはお兄さんとお母さんを昭に紹介した。それぞれに昭は挨拶した。

「百人一首をしましょう。私と昭君が組むわ。お母さんはお兄さんと組んで。紅白に別れましょ。お父さん、札を読んでください」

川上さんはテキパキと指図した。昭は東京へ出てから五年になるが、その間、百人一首を一度もやったことがなかった。中学の頃はよくやったものだが、と思い返していた。お父さんは読み手であった。川上さんは得意札をたくさん持っていた。昭も昔は上の句を読まれれば下の句は自然と口を吐《つ》いて出てきたものだった。競技が進むに従って、自然と下の句が出るようになった。時間が経つと白熱してきた。川上さんと昭のチームは二人合わせて六十三枚も札を取った。お父さんが昭の方を見て話された。

「お正月にこういった名歌と親しみながら、お互いに競争する。こういった遊びは日本だけでしょう。外国にありますか。日本は良い国ですね」

にっこりと笑われた。昭は全くだと思った。もっと長くいたかったが、遅くなるといけないので、家へ帰ることにした。川上さんが玄関のところまで送ってくれた。

「田舎へ帰って来たら、また、連絡して頂戴」

「うん。バイトの関係でいつになるか知らないけど、なるべく田舎へは帰ってくるさ」

昭はそう言って川上さんと別れた。昭は橋を渡り、冷たい冬の川風を頬に受けた。そして思った。都会を彷徨する我が身が、金銭的には恵まれていなくとも、自由に生きられる倖せを摑んでいると。文学をやる上では、早く両親に死に別れたことは僥倖でもあろう、俺は逞しく生きてやるさと呟いた。

東京に戻った昭《あきら》は、渡辺さんの奥さんに今までの御厚情に対し礼を述べ、今後の身の振り方を話した。奥さんは快く承諾してくださった。

山田商店東京営業所へは電話で連絡を取り一月十日から業務に就いた。社員は昭を入れて四人、それに所長、事務員の順子さん、計六人で全員である。車の免許が必要ということで、赤坂の自動車教習所へ通った。授業料は全額会社持ち。午前中、教習所へ通い、午後から業務に就いた。都内の金物店を廻るのである。日によって千葉方面の時もあれば、八王子方面の時もあれば、横浜方面の時もあった。昭の一日は七時起床。所長が借りてくれた大久保のアパートを七時半に出発して、八時に九段の会社へ到着。八時半までに営業所の掃除と三台の業務用の車の水洗い。皆で手分けをして済ますのである。それを終わってから食堂で所長の奥さんの作ってくれた朝食をとり、九時に業務に就く。夕方五時まで得意先廻り、帰社次第、夕食。六時半にアパートに戻って、あとは寝るまで自由時間。月曜から土曜まではこんな毎日であった。勿論日曜は休みである。昭は教習所へ通って二ヶ月くらいで卒業試験を終え、試験場で法令の試験を受け、合格し免許が貰えた。またたく間に時は過ぎ、授業の無かった昭の高校の三学期も終了し卒業式も終えた。昭はK学院の夜間部の文学部の入試に合格し、四月八日入学式に出席した。

昭は早速、現代文学研究会の新学期初めての会合に出席した。最初は部員すべての自己紹介で終わった。会がハネてから渋谷の〝ルノワール〟で皆でお茶を飲んだ。二次会に出席したのは男子部員が三名、女子部員が三名、計六名だった。鈴本ルリ子さんという人が昭の隣に座っていて、昭に最近読んだ本で面白かったのは何か、と尋ねてきた。

「そうですね。永井路子の『炎環』かな」

昭は返事をした。

「それ、私も読んだ」

そんな話をしていると、部長の八代さんが皆に自分の孔版詩集を配り始めた。昭も貰った。大学ノートくらいの大きさで、タイトルはついていなくて、割と薄い小冊子だった。〈八代政夫作品集〉とあるだけだった。八代さんは家からの仕送りもあるので、アルバイトも何もせず、夜間部が好きで夜間部の学生になっているのだそうである。昭はその話を聞いた時、ずいぶん恵まれた人だなと思った。八代さんの隣にいた二年生の山崎さんが太宰治の『右大臣実朝』を読んでの感想を皆に話していた。その後、皆で会話を楽しみ、九時に会はハネた。

昭のクラスメートには女の子と同棲している人やすでに同人誌に小説を発表している人もいた。昭は彼らを見て、俺はまだひょっ子だなと思った。

暦は五月になっていた。ゴールデン・ウィークも明けた週、いつものように営業所の仕事を済ませると、大学へ登校した。教務課の掲示板を見ると、二時間目は休講になっていた。一時間目の第二外国語の仏語の授業を受けた後、二時間目の休講の時間は図書館で時間を潰そうと、昭は図書館へ行った。昭が図書館で机に向かって本を読んでいると、先日の現代文学研究会で一緒だった同じ新人部員の鈴本ルリ子さんが昭の机のところに来て椅子に座った。机は六人掛けであった。ルリ子さんは春らしいブルーのスーツを着ていた。

「チワー。休講」

昭はルリ子さんに話しかけた。

「ええ、休講」

「僕も。渋谷の街へお茶飲み行きましょうか」

「そうしましょうか」

話は決まって二人で渋谷へ出掛けた。

喫茶店〝アテネ〟に入り、テーブルに着くと、ウエイトレスがおしぼりとお冷やを持って来た。

「何にする、僕、コーヒー。ホット」

「私も」

「じゃ、そういうこと」

ウエイトレスは頷いた。昭はルリ子さんに単刀直入に尋ねた。

「お仕事、何やってるんですか」

「印刷会社の校正係です」

「そう。僕は金物問屋の営業」

「そう。ところで今何読んでるの。その本」

昭の持ち物を指差してルリ子さんは尋ねた。

「これ。これね。高見順の『死の淵より』という詩集」

「詩が好きなの」

「うん。詩のノート見せようか。読んでくれる」

「ヨムヨム」

昭は詩のノートを取り出し、ルリ子さんに手渡した。ルリ子さんは昭が高校時代に書き記したノートを読み始めた。

ウエイトレスがコーヒーを持って来た。店内にはアンディ・ウィリアムスの曲が流れていた。ルリ子さんはコーヒーを飲みながら昭のノートを一通り読み終えると、昭の眼を見て訴えるように言った。

「相田さん。これ詩集にしたら、孔版の。ほら、八代さんがやったように。私、頼んであげましょうか。うちの会社、印刷屋だから」

「それは願ったり叶ったり。頼もうか」

「うん、責任持ってやっておく。じゃ、このノート預からせて」

「うん。いいよ。じゃ、頼んだ」

昭は営業用の名刺を出してルリ子さんに渡した。

「出来たらここへ連絡頂戴。僕、外勤が主だけど、お昼休みはいるから」

ルリ子さんは昭の名刺を受け取り、言った。

「あきらと読めばいいの」

「そう」

「じゃ、今度から昭君と呼びましょうか、可愛いから昭ちゃんがいいかな」

「お好きなように、私も鈴本さんと呼ばず、ルリ子さんと呼ぶよ」

昭は明るく言った。それから、ルリ子さんは自宅が総武線の市川で、会社はお茶の水にあることを話してくれた。昭より三つ年上ということであった。昭は年上の女性っていいな、あったかくて、と思った。ルリ子さんは細面な顔立ちで髪は長く肩のあたりまで伸ばしていた。

「私、今度の日曜、引越しするの。市川の家を出て一人暮らしするの。学校が渋谷でしょ。会社がお茶の水だから、飯田橋にアパート借りたの。神楽坂の上の方よ」

「一人暮らしか。僕はね、会社の先輩と二人で大久保のアパートに住んでいるの。僕が帰宅する頃は、先輩はもう寝てますよ」

そんな話をしているうちに、とっくに二時間目の授業の時間は過ぎ、もう三時間目の授業になっていた。二人ともそれを口にして、このまま帰宅することにした。二人で電車に乗り、代々木でルリ子さんは電車を降りた。

「じゃ、また」

「うん、さよなら」

二人は別れた。

しばらくルリ子さんとは学校では逢えずにいた。彼女は法学部の学生だから、昭とは履修する科目が違い、教室が同じということはなかった。ただ月曜の三限、一般教養〈文学〉だけ一緒の教室だった。

昭の仕事は忙しかった。昨日は横浜、今日は都内と、車を走らせ、飛び廻る毎日だった。クラスメートの中には定職を持たず、お金のあるうちは、喫茶店で本を読み、ブラブラしてお金が無くなるとアルバイトに出る学生も何人かいた。昭はそういうのもイイナと思った。六ヶ月近く金物問屋で働いて、仕事の内容もある程度わかった。別に怠け心からというわけではないが、何よりも勉強する時間が欲しかった。そう思うといてもたってもおれなかった。六月の末をもって会社を退社した。渋谷からすぐ近い中目黒の三畳の下宿に移り、一ヶ月は何もせず暮らすことにした。

もうすぐ夏休み、夏休み前、最後の登校日、昭はいつものように学校へ行った。時計台のベンチでルリ子さんが腰掛けていた。昭を見ると、

「昭ちゃん、出来たわよ。詩集」

手を振りながら声を掛けてきた。昭はルリ子さんに近づいて、

「本当。代金は」

「代金はいらない。私からのプレゼント」

「悪いなぁ。ゴチになるよ」

ルリ子さんに、ここは一番甘えるか。昭はそう思った。二人は授業をサボることにした。昭はルリ子さんを中目黒の下宿に誘った。まだ六時前だった。

渋谷から中目黒までは二駅だった。昭はルリ子さんに部屋に入ってもらった。早速、詩集の入っている包みをほどいて見た。〈彷徨〉と青い表紙に黒字で印刷されていた。昭はルリ子さんを抱き寄せると、「有難う」と言って口づけした。かなり強い口づけだった。

「情熱家ねえ」

ルリ子さんは軽く笑っていた。

「食事に行きましょうか」

ルリ子さんに言われて、ああ、そうか、食事してなかったんだ、と思った。

「詩集の出来たお祝いをしよう。今日は僕が持つ」

「あら、何ご馳走してくれるの」

「任せておけって」

昭は下宿を出て、先に立って釜飯屋へルリ子さんを連れて行った。釜飯屋といっても普通の居酒屋さんと変わりはなかった。座敷へ上がって、三品四品料理を注文して、日本酒を飲んだ。昭は飲みながら、上京して以来の高校時代のことを話した。新聞配達をしなが

ら高校へ通ったことも。そして目下は無職でいることも。ルリ子さんは微笑みを浮かべて、

「そういうふうに生きてゆける人が羨ましい」

と言った。ルリ子さんも少しはお酒を飲んでいた。昭はおチョコに酒を注いで、「ぐっと空けて」と勧めた。昭は心から楽しかった。すっかりいい気分になり、ルリ子さんと店を出た。下宿へ着いてルリ子さんに布団を敷いてもらった。二人はどちらからともなく抱き合って寝た。ルリ子さんの身体は火照っていてとても熱かった。

「今日は泊まっていきなよ」

昭はルリ子さんに言った。

「うん。そうする」

ルリ子さんは従順だった。

翌日、ルリ子さんは会社を休み、昭を神楽坂の自分のアパートへ伴った。途中、二人して神楽坂の喫茶店でトーストを食べ、コーヒーを飲んだ。昭は六月の末に会社を辞めてから、この十日間、仕事をしていなかった。おかげで本は読めた。そんなことをルリ子さんに話した。

ルリ子さんのアパートに着いて、バックを部屋に置くと、ルリ子さんは近くの公園へ行こうと言った。公園で二人はブランコに乗った。

「さっきから考えていたんだけれど、僕たち二人で一緒に暮らさない」

昭は思い切って切り出した。

「私もそれを考えてたの」

「じゃ、僕、中日黒の下宿引き払ってルリ子さんのアパートへ来る」

「そうして、大歓迎よ」

昭はその日のうちに中目黒の下宿を引き払い、布団と荷物をまとめて、タクシーでルリ子さんのアパートへ運んだ。ルリ子さんは大屋さんに了承を得、二人の同棲生活は始まった。

翌日、会社へ出かけたルリ子さんはお昼休みにお茶の水からタクシーに乗ってアパートに戻って来た。昭は部屋で高見順の『人生の周辺』というエッセイ集を読んでいた。

「お昼、一緒に食べましょ」

ルリ子さんは、ほかほかの弁当を昭に手渡した。

「おいしそう」

昭は思わず叫んだ。

「僕もバイトに行くよ、学生援護会へ行ってみるよ。ブラブラしているだけじゃ、健康に悪いし」

「昭ちゃん。レストランのウエイターやる気ない。私の姉が日本橋のKというレストランの専務の奥さんなの。アルバイト募集しているかどうか聞いてみましょう」

ルリ子さんは弁当を食べながら、そう言っていた。食事が済むと、急いでタクシーで会社へ行った。

夕方帰ってくると、ルリ子さんは自分の姉のところに電話したことを話してくれた。

「八月一ヶ月、バイトが欲しいって。決めてきた。私の紹介だから面接はいいって。でもお店のある場所も確認しておかなきゃね。明日にでも行きましょ。一緒に」

「うん。そうしよう」

「本店の方じゃなく、支店の方のお店で場所は神田って言ってたわ」

「どこでもいいさ」

「それから、お昼はバイト先で出してくれるって」

「それはまた」

昭は少々驚いた。


その日から約二十日間、七月三十一日まで、昭はバイトもせず、のんびりと過ごした。

卒業論文には高見順を取り上げようと決めていたので、高見順の小説の読書ノートを整理し、飽きると近くの喫茶店へ行ってコーヒーを飲んで暇を潰した。夕方銭湯に行って帰る頃、ルリ子さんが会社から帰ってくる時間だった。

八月一日、七時に起きると八時出勤のレストランへ出掛けた。八時開店というのは、九時出勤の会社員がモーニングを食べに寄るので、それで八時開店にしてあるわけである。仕事は単純だった。注文を聞いて客に出すだけだった。お昼は戦争だった。他にウエイトレスが三人もいて、小さなレストランだったので、すべてがうまく運んだ。レジはレジ担当のマネージャーが取り仕切っていた。二時を回ると客はメッタに入って来なかった。昭は四時まで勤めればよかった。昭は勤めを終えると、お茶の水の喫茶店〝ジロー〟でルリ子さんを待った。ルリ子さんは五時に会社を終えると十五分には〝ジロー〟に来た。毎日がウソのように静かに流れていった。詩がポツリポツリと生まれた。

秋が来ていた。八月三十一日をもってレストランのバイトが終了した。九月に入って、大学も始まったが昭は大学へは行かなかった。自宅で、折口信夫全集の七巻と十二巻を大学のある先生から読みなさいと奨められ、その読書ノートを整理していた。大学一年時は高校の復習みたいな幼稚なものばかりで退屈な授業だったからである。ルリ子さんは真面目に通っていた。二週間ブラブラしようと思った。近くの古本屋で坂口安吾の『堕落論』を買ってきて読んだ。面白かった。次に『夜長姫と耳男』を読んだ。これも面白かった。

そうこうしているうちに九月も半ばを過ぎた。そろそろバイトを探そう。お金も欲しいし、と思っていたところ、アパートの近くにお米屋さんでバイトの運転手を募集しているビラが目に止まった。電信柱に張り紙がしてあった。昭は免許を持っているので、これにしようと決めて店を訪ねた。店の主人はお米の配達が主な仕事だから、よかったら明日から来て欲しい旨を昭に告げた。昭は快諾し、翌日から仕事に就いた。昭は大学へ真面目に通い出した。お米の配達は楽なものだった。午前中に来た注文を十一時にまとめて配達し、午後に来た注文を午後三時半頃まとめて配達すればよかった。それ以外の時は、店前で本を読んでいた。

師走に入った。学校の帰りはルリ子さんと待ち合わせて、アパートに戻って来た。帰りは十二時を回ってもアパートに戻って来なかった。ルリ子さんの会社では年末のボーナス要求の団体交渉に入っていた。二度、三度と団体交渉は続き、妥結するまでにはいかず、組合側の強固な態度に経営者側は業を煮やし、会社を潰し、別なところで新会社を設立した。ルリ子さんは事実上、失職ということになった。組合側は裁判で闘う姿勢を見せた。ルリ子さんの収入は無いので、昭は生活の面倒をみた。当面、生活には困らなかった。米屋のバイトは楽なので長続きした。ルリ子さんは裁判の決着をみるまで、駅前の喫茶店でウエイトレスをして働いた。大学は冬休みに入った。正月三が日は米屋も休みだった。ルリ子さんは一ヶ月もしないうちにバイトを辞めた。収入が安定せずイラ立っていた。そのうち親元に帰ってゆっくり休養を取りたいと言い出した。じゃ、そうすれば、と昭は何も言わずルリ子さんの好きにさせた。二月に入って大学は後期の試験に入った。昭はじっくり勉強したいため、お米屋さんのバイトを辞めた。試験も終わり春休みになった。ルリ子さんは市川の親元で何もしないでブラブラしていた。ルリ子さんの父親はT工場の工場長だった。ダイヤモンド社発行の日本紳士録に名を列ねているらしかった。ルリ子さんは出世出世と家庭を顧みない父親に反発していた。父親は娘が仕事もせずに家でブラブラしているのを見かねて、四谷にある自分の息子のやっている広告代理店へ勤務させた。そこは住居とオフィスが一緒になっているところで、ルリ子さんはそこから大学へ通うようになった。昭との仲が切れたわけではないが、二人の同棲生活はそこでピリオドを打った。

　昭《あきら》は大学二年になった。ルリ子さんとの生活にピリオドを打ったので、また、元の中目黒の下宿に移った。大学のある渋谷に近いところだと、何かと便利だからである。四月の初めに学生援護会でバイトを紹介してもらい、勤めに出た。東和化工という会社で、塩酸や硫酸を軽トラックでお得意様へ運ぶ仕事だった。お得意様というのは、ほとんどメッキ工場だった。会社は浅草橋の近くだった。

　その日、昭はバイトを終え、夕方、大学へ向かう電車の中でバッタリ、高校の同級生の早川君に会った。早川君はW大の英文科へ通っていた。事情があって一浪していたものの元気そうだった。二人は渋谷で電車を降り、喫茶店〝アテネ〟でお茶を飲むことにした。

　喫茶店で早川君はコーヒーを飲みながら、昭に話し始めた。

「相田、詩書いている。俺もこの頃詩を書いているんだ」

「へー。いま詩稿持っている。見せてよ」

昭は早川君から大学ノートを受け取った。そして頁を開いた。七、八篇の詩が書いてあった。どこか立原道造の匂いがした。

「早川、立原が好きだね」

「わかる」

「わかるさ。言葉の使い方なんて立原そっくり」

昭は立原道造の詩を少しは読んでいたので、思ったまま返事をした。

「相田。二人で作品集出さないか。手作りのもの」

「いいねー。やるか」

昭は嬉しくなってきた。

「タイプ印刷でいくか」

早川君はすっかりその気になっていた。

「じゃ、今度の土曜日、知ってる印刷屋へ行こう」

昭は下宿の近くの印刷屋へ当たってみることにした。話がまとまって、あとは実行あるのみ。二人は今度の土曜日、またこの喫茶店で落ち合うことにした。それまで詩作品を清書してくる約束をして別れた。

約束の土曜日、昭はバイトを午前中に切り上げて、喫茶店〝アテネ〟で早川君の来るのを待っていた。約束の時間は三時だったが、昭は二時半にはすでにそこでコーヒーを飲んでいた。三時キッカリに早川君は〝アテネ〟へ現れた。高校の同級生の小坂君も一緒だった。

「相田。小坂も連れて来たよ。小坂、けっこう作品いっぱい持ってるのよ」

ソファーに腰を降ろしながら早川君は昭に言った。

三人はそれぞれの作品をテーブルの上に出した。小坂君の作品を昭は読んだ。恋愛詩ばっかりだった。作品中の女性の名は智恵子だった。

「小坂版智恵子抄だね」

昭は冷やかした。

「ところで、詩誌のタイトル何にする」

早川君が二人の顔を見ながら言った。

「ひょうたんから駒が出るかも知れないから〝ひょうたん〟にしよう」

小坂君が笑いながら言った。

「それがいい」

昭と早川君はすぐ賛成した。三人はコーヒーを飲み干すと、その喫茶店で割り付けをした。一人三篇ずつ載せることにした。その作業を終えると、〝アテネ〟を出て印刷屋へ向かった。東横線中目黒で電車を降りて、昭の下宿の近くの印刷所を訪れた。印刷屋のおじさんは応接室で昭の要望に微笑みながら、応対してくれた。先方校正で製本が出来次第、早川君のところへ電話をしてくれるということだった。その日はそのまま昭は二人と別れた。

それから二十日程経って、昭のバイト先に早川君から同人誌の創刊号が出来たという電話が入った。郵便で十冊、昭の下宿へ送ってくれるということだった。電話で合評会が持てたらいいね、とも話し合った。

昭は大学へは真面目に通った。火曜の二時間目は高山先生の〈浪漫主義文学〉の講義だった。昭はこの授業が楽しみの一つだった。今日は明治時代の〈文学界〉についての講義だった。北村透谷、島崎藤村、馴染みの作家が出てきて胸をわくわくさせながら先生の講義を受けた。授業が終えてから、廊下で、〈現代詩研究会〉の中山さんに会った。中山さんは〈現代詩研究会〉の中心メンバーの一人だった。昭は先日早川君から送ってもらった同人誌「ひょうたん」の創刊号を中山さんに手渡した。中山さんはもう三十歳に近い人で郵便局の局員だった。四国の松山出身の人で優れた詩を詩誌「K学院詩人」に発表していた。「大切に読ませて頂きます」と言って中山さんは昭達の同人誌「ひょうたん」を受け取ってくれた。中山さんと別れて、クラスメートの石井君と一緒に三時間目の授業を受けるべく二〇一の教室へ行った。三時間目は〈神道概説〉の授業だった。今日は神道十三派についての講義だった。とても面白い講義だった。昭の家の扶桑教も出てきて楽しかった。

講義が終わって石井君と〝アテネ〟へ行くことにした。〝アテネ〟に入ったのは九時半だった。〝アテネ〟のウエイトレスは美人揃いだった。中にはモデルさんもアルバイトをしていた。昭は姿形の美しい人が好きだった。いわゆる〝面食い〟という奴である。今日はピーター・ポール・アンド・マリーの「天使のハンマー」という曲が流れていた。石井君も昭も音楽が大好きだった。石井君はニット製品を扱う会社に勤めていた。昭とは同じ年だった。大学へ入っての一番の友達だった。いつも学校が終えると二人で〝アテネ〟に寄った。二人は今日あった出来事や昨日読んだ小説の話をし合った。

今日は昭が高見順の『いやな感じ』という小説を石井君にそのストーリーを話した。石井君は日を輝かせて聞いていた。十一時になり、看板である。二人は店を出て駅で別れた。

六月になった。昭は夜間部から昼間部へ転部することを考え始めた。昼間のバイトはもういい、じっくり勉強がしたい、そう思った。また新聞配達をするか、そう思ってたまたま眺めた新聞の求人欄に〈新聞配達員募集・夜学生可〉というのが目についた。場所は神田須田町とあった。早速、連絡を取ってその店の主任と会った。明日からでもよいから来て欲しいという話だった。

入店初日、午後二時半に夕刊の配達。昭は夕刊の配達時間が早いのにびっくりした。都心のオフィスが配達先なので、早いのだそうだ。四時半には配達が終える。それから大学へ通学。充分時間はある。昭は来春の転部試験に向けて受験勉強を始めた。専門と英語である。英語の単語の再暗記を勉強した。文法事項は頭に残っているからいいだろうと思った。無理をせずに睡眠を充分とって日々を送った。

七月に入ったある夕方、ルリ子さんが昭を訪ねて来た。近くの喫茶店で二人でお茶を飲んだ。ルリ子さんは新しい恋人が出来て、その人と婚約したということだった。昭はそう言われて何も感じなかった。どうぞお好きなようにと思った。ルリ子さんは別れの挨拶に来たのだった。昭はルリ子さんの倖せを祈って、別れた。

八月、卒論に選んだ坂口安吾の書物を片っ端から読み漁った。最初、卒論は高見順にしようと思っていたが、安吾に切り換えたのである。昭はやはり『夜長姫と耳男』という小説が一番いいと思った。それは夜長姫のキャラクターに惹かれたせいもあった。それともう一つはエッセイで「文学のふるさと」も面白かった。「伊勢物語」第六段の挿話を引きながらの解明はとても勉強になった。だが小説「白痴」などは昭には肌が合わなかった。

けれども昭は坂口安吾の資料を少しずつ買い求めて、勉強に備えた。

八月の末に早川君から「ひょうたん」の二号を出そうと、お昼頃に店に電話が掛かってきた。夜八時に〝アテネ〟で会うことにした。

昭は詩作品を三篇清書して〝アテネ〟へ出掛けた。〝アテネ〟は心が和む喫茶店だった。いつ来てもいい。

入口のドアを開け、中に入るともう早川君は来ていた。

「久しぶり。元気だった」

昭が声を掛けると
「元気、元気」

早川君は明るく笑いながら声に応じた。

「相田、あのさー。アポリネールの詩、読んだことある」

「うん。あるよ。〝ミラボー橋〟だろ」

「あの詩、イイネー」

「あれは名作さ」

「だねー」

二人して顔を見合わせて微笑んだ。

「作品、読ませて」

昭は早川君の作品が読みたかった。

「うん。これ」

早川君は原稿を昭に見せた。

「何か、詩風変わったんじゃない」

昭は原稿を読んで感じたまま言った。

「ちょっとね。進歩したならいいんだけど」

早川君は照れながら呟いた。

「小坂のも預かってきた。割り付け、やっちゃおか」

「うん。そうだね」

昭は割り付けを早川君に任せた。早川君はテキパキとやってのけた。

「あとは、印刷屋へ持って行くだけ」

早川君はそう言ってお冷やを美味しそうに飲んだ。

九月になり、学校が始まった。レポート提出が昭達学生に課せられた。十月末日までに〈万葉集の死生観〉というタイトルで、原稿用紙二十枚以上でまとめよということだった。昭はそれから一週間は街の本屋で関係の本を漁った。もう〝アテネ〟になんか行っている暇はなかった。「死生観」というのだから、〈死〉あるいは〈生〉に関わる歌を万葉集の中から選び出さねばならない。全部はやれない、ピックアップするしかないな、と思った。最初に挽歌を拾ってみた。次に思想的な短歌を選び出した。「太宰ノ師大伴ノ旅人の作った酒を讃へた歌。十三首」はどうしても論じねばならなかった。愛の歌も恋の歌も〈生〉に関わるのだろうけれども、それまで手を広げたら、まとまりがつかなくなるので、それらの歌は除外した。

専門書を図書館で借りてどうにかまとめた。そして日本語って美しいなあと思った。その時学んだ歌で「沙彌ノ満誓ノ歌」というのが昭は気に入っていた。

　世の中を何に譬へむ朝開き漕ぎ去にし船の跡なきごとし

「世の中を何に譬へむ」、昭は何度も何度も声に出して朗唱した。レポートを書くのは勉強になるなぁと思った。〈万葉集の死生観〉のレポート作成で約一ヶ月も掛かってしまった。昭はいい知れぬ充足感を味わった。

十一月に入り、新聞を配達する寒い朝が続いた。けれども厚いセーターをジャンパーの中に着込んでいると、はたが思うほど寒くもないのである。完全防備だからである。それにしても昭の生活は全くの女っ気無しだった。昭はさほどガールフレンドを欲しいとも思わなかった。来春、昼間部へ編入して運が良ければ、また出会いもあるさ、と思った。

十二月に入って、近藤君から店に電話が掛かってきた。児玉君が盲腸炎で入院したということだった。明日、見舞いに行く約束をした。翌日、朝早く武蔵小山の児玉君が入院している病院へ、近藤君と見舞った。児玉君は元気だった。二人が顔を見せると、ベッドから起きて、「やあ来てくれたのかい」と明るい声で話し掛けてきた。それからしばらく高校時代の想い出話に花が咲いた。児玉君はN大の医学部へ進み、近藤君はG大の法科に進んでいた。あまり長居も出来ないので早々に引き上げた。近藤君とも久しぶりだが、この時はそう話し込まずに別れた。

クリスマスには冬のボーナスも出たので、二十四日、忘年会も兼ねて、料理店で宴会を開いた。店員達だけでである。主任が取り仕切ってくれた。真面目な学生達ばかりだから、バカ騒ぎもなく会はほど良いところでお開きになった。

元日の朝は新聞店は戦争である。普段の倍の増刷版がつくので、何回も行ったり来たりしなければならない。でも昭はもう慣れっこである。ようやく配達も終え、店員同士の新年会が始まった。ご馳走が出てきて和やかに食事をとり、お酒の好きな人はお酒、ビールの好きな人はビールと、それぞれ陽気に楽しんだ。

二月から大学は後期のテストが始まり、それが済むと、三月には転部試験が行われた。昭は受験し合格した。四月からは昼間部の学生に編入される。編入時にはお金がいるが、そのお金は店長さんが本社から借入する手続きをしてくれた。四月から昼間部の学生だ。何かにブツかるまで進んでみようと思った。

勿論、同人誌「ひょうたん」三号は近々刊行するつもりだった。

三年生になって昼間部へ編入した昭《あきら》は、文学科三組の一員になった。知らない学生達ばかりだから、最初のうちは誰とも言葉を交わさなかったが、そのうち挨拶程度はするようになった。

五月のゴールデン・ウィークも済んだ朝、その日の一限目は遅刻して行った。もう授業は終わりになろうとしていた。昭がこの授業に遅刻ばかりするようになったのには理由があった。担当教官は老齢の先生で授業はツマラナク、「聴いてらんねーな」という思いを抱いていたからであった。だから授業の終わり頃に教室に入って、出席カードに名前を書いて出席扱いにしてもらうことにしていた。

二〇一の教室へ昇る階段のところで、毎週会う背の高い女子学生と会った。その女子学生も、たぶん昭と同じように出席カードに名前を書くだけが目的で、教室に行くようだった。昭と目が合うとその女子学生はニコッと微笑んだ。昭もニコッと微笑み返した。昭は思わず声を掛けた。

「この授業ツマラナクテネー」

「私もなの」

紺のブレザーを着た彼女は、不満げに言った。

その時、教室から学生達が廊下に出て来た。昭は出席カードを出しに教室に入った。その彼女も昭に続いた。出し終えてから、二人で今日の休講掲示を見に行った。〈民俗学休講〉とあった。二人の取っている科目だった。

「どうしよう。休講だって」

昭はその彼女に言った。

「渋谷へ行きましょう」

彼女は気軽に昭を誘った。

「渋谷か。そうだ明治神宮へ行こう」

昭は提案した。

「いいわね。行きましょう」

昭とその彼女は二人で校舎を後にした。

昭はまず自己紹介した。

「ぼく、相田あきら、あきらは昭和の昭、よろしくね」

「私、星野友子。文学科三組、よろしく」

星野と名告る彼女は色の白い人だった。二人は道々、お互いのそれぞれの趣味について語り合った。

空は五月晴れの青空で絶好の散歩日和だった。明治神宮に着いて、二人は休憩所でアイスクリームを食べた。星野さんは付属の高校出身だと話した。大学へ入ったのは、特にこれといって学びたいものがあって入ったわけではなく、単に教養を身に付けるためと語っていた。

「ほとんどがそうだと思うよ。そうやりたいものなんか簡単には見つからないさ」

昭は当たり障りのない受け答えをした。そして尋ねた。

「クラブは何に入っているの」

「私、〈フォイエル・コール合唱団〉に入っているの。十一月発表会があるわ。ぜひ聴きに来て」

「〈フォイエル・コール〉か、いいなぁ、合唱は。練習いつするの」

「今日は四時から、屋上で」

「そう。その合唱団、何人くらいいるの」

「男女合わせて百人くらいよ」

「へー。そうなの」

そんな会話を交わし、二人はブラブラと大学へ戻ることにした。大学へ戻ると二人は受講する科目が違って別々の教室なので、そこで別れた。別れた後、昭の胸に何となく爽やかなものが残った。

三時限目は杉野教授の〈日本倫理学史〉だった。今日は「水戸学」について学んだ。藤田東湖の話で非常に面白い授業だった。中でも〈正気歌〉は印象に残った。東湖の子供が小四郎で後に会沢正志斎と天狗党の乱を起こしたことなども教授は話された。授業が終わった時、今日は収穫があったな、と一人呟き帰路についた。

六月に入ったある日、午前の講義が終わったのでお昼を食べようと食堂に向かった。その途中の廊下で、昭はボンヤリしていたせいか、背の高い一人の学生の腕に触れ、その拍子にその学生は手に持っていた本を落とした。

「あ、ごめんなさい」

昭は思わず声を挙げて謝り、床に落ちたその本を拾った。その本はポケットサイズの本で『黒田三郎詩集』とタイトルされていた。昭はその学生にその本を手渡しながら言った。

「黒田三郎、いいですよね。僕も好き」

「ええ、僕も好きです」

その学生ははにかみながら昭に答えた。

「〈小さなユリと〉とか〈ひとりの女に〉なんて最高」

昭は声が高くなっていくのが自分でもわかった。そして言った。

「僕、食事に行くんだけど、君、お昼食べた、まだだったら食堂行かない」

「うん、僕も食堂へ行くとこ」

「じゃ、一緒にお昼食べよう」

話は決まって二人で食堂へ行った。学生食堂の安いコロッケ定食を二人は食べることにした。テーブルの空いた席を探して二人は席に着いた。昭は自己紹介した。相手も「僕、木下健二です。よろしく」と元気に名告った。

二人で食事をしながら読書の話をした。昭は曽野綾子の小説『ぜったい多数』を読み始めたばかりだと話し、その本を木下君に見せた。木下君は『二十一歳の父』を以前読んだらしく話題は弾んだ。木下君は三年七組だと言った。昭は三組だと話した。午後の授業があるので食事を終えると二人は別れた。

「今度、ゆっくりコーヒーでも飲んでダベろうよ」

別れ際、木下君に告げた。

「うん。またね」

木下君は明るく笑うと講義のある教室の方へ歩いて行った。

それから二、三日経ってから、また木下君に偶然会った。午後の授業が終えて下校しようと思って中庭に出ると、木下君が時計台の下のベンチで一人本を読んでいた。

「木下君、授業終えた、帰ろうよ」

「あ、相田君、この前はどうも、うん帰ろうかなと思っていたとこ」

「まだ時間があるから渋谷でお茶飲もうよ」

「そうしようか」

二人は連れ立って〝アテネ〟に向かった。

店に入ってコーヒーを注文すると昭は詩のノートを木下君に見せた。木下君は目を輝かせてノートを読んだ。そして言った。

「こんなふうに詩が書ける人が羨ましい」

昭は笑いながら恥ずかしそうに言った。

「他にやることがないからね」

「それはそうと、ぼく今失恋中なの」

「そうなの。へー」

木下君の語るところによると、木下君の交際相手はクラスメートの中沢さんという女性なんだそうである。大学へ入ってすぐ友達になれたんだけど、この頃は木下君を避けるようになったことなど昭に話してくれた。

「何か、僕じゃ物足りないらしくて」

木下君は力の無い声で言った。

「あんまりくよくよしない方がいいよ。そうだ、気分直しにピクニックでも行こうか」

昭は木下君を励ます意味もあってそう言った。

「そうだね。ピクニック。いいね。高尾山でも行くか」

話がまとまって二人は今度の日曜に高尾山に行くことを決めた。

日曜日、昭は朝早くお茶の水へ行き、快速高尾に乗り、十時頃高尾の駅に着いた。木下君は高尾駅の改札口で待っていてくれた。木下君は住んでいるところが八王子なので、その辺の地理には詳しかった。二人は高尾山のロープウェイの登り口の方へぶらぶら歩いて行った。ロープウェイには乗らず、二人はリフトに乗った。見る見るうちに頂上に着いた。山頂は公園になっていた。道なりに歩いてゆくと立派なお寺が見えてきた。階段のあたりには烏天狗の銅像が建っていた。もともとは修験道の道場だったかも知れないな、と昭は思った。参詣人もかなりいた。

「相田君。少し早いけどおにぎり食べる。母が君の分も作ってくれたし」

「うん。食べる食べる」

昭と木下君は木の根元に座っておにぎりを食べた。向こうに見える山は何という山なのだろう。あの川は何という川なのだろう。二人ともわからなかった。それでも山の空気は美味しかった。昭はオフィス街の真ん中に住んでいてこんな郊外に来たことがなかったので、すっかり舞い上がっていた。木下君はガールフレンドの中沢さんのことを考えているらしく元気がなかった。山頂を一巡りして、それからリフトで麓まで降りた。麓の喫茶店でコーヒーを飲んだ。三時を回ったので昭は帰宅することにした。案内してくれた木下君に礼を述べると東京行きの赤い電車に乗り込んだ。

大学は夏休みに入ろうとしていた。二時限目の講義が済んで、昼食を取ろうと席を立った時、女子学生に声を掛けられた。

「相田君、話があるの。聞いてくれる」

クラスメートの星野友子さんだった。

「あ、そう、聞こうじゃないか」

二人は学生食堂に行くことにした。二人してカツ丼を食べることにした。

「話って何」

昭はカツ丼を食べながら、早速、友子さんに尋ねた。

「私、高校の頃からお付き合いしている人がいるの。同じクラブの一年先輩、最近その人にガールフレンドが出来たらしくて」

「そう、それで」

「私、何か天秤に掛けられているようで」

「君の気持ちは分らないわけではないけど、君がその先輩と婚約しているんなら強いことも言えるけどね」

昭は思ったまま言った。

「そういうのって難しいね。時が解決してくれるさ。はっきり言うと相手を束縛する権利はどちらにもないしね」

「やっぱ、そうか」

友子さんは力なく答えた。

「もう少し、様子を見たら。少し辛いけどね」

「うん。そうする」

二人は昼食を食べ終えると、午後からの講義が行われる教室に出向いた。始業のチャイムが鳴り、先生が教室に入ってみえた。〈日本文学史〉である。昭と友子さんは机を並べて講義を受けた。今日は『風土記』の〈童子女の夫婦松〉の話だった。昭は講義が終わった時、思った。この話、詩にならないかな、語り物の、そう思った。講義が終えたので、友子さんと二人で下校した。渋谷駅まで一緒に歩いて、駅で別れた。

大学は夏休みに入った。休みに入った直後神田の古本屋で、川田順という歌人の書いた『西行』という本を、昭は買った。よし、西行の読書ノートを作ろう。そう思った。その本には、西行は北面の武士で、俗名を佐藤義清と言い、二十三歳の時に、出家したと記してあった。


惜しむとて惜しまれぬべきこの世かは身を捨ててこそ身をも助けめ

これは西行が仕えていた鳥羽上皇に出家のいとま乞いの時に詠んだ歌だという。昭の胸に西行の並々ならぬ決意が伝わってきた。昭は高校の頃、授業で習った

寂しさにたへたる人のまたもあれな庵ならべん冬の山里

という歌を想い出した。孤独ということが頭に浮かんだ。その本には〈西行と交渉ありし人々〉という章があり、その交友圏が伺え興味深かった。その翌日、歌論書『井蛙抄』を買ってきた。その本には西行と文覚の邂逅について記してあった。

文覚上人は西行を憎まれけり。その故は、遁世の身ならば、一筋に仏道修行の外、他事あるべからず。数奇をたて此処彼処、嘯き歩く条憎き法師なり。いづくにでも、見会たらば、頭打ち割るべきよし、常のあらましにてありける。

荒行で聞えた文覚は仏道修行もしないで歌を詠み歩いている西行の頭を割ろうと、その機会をねらっていたという。しかし、西行の顔を見て、頭打ち割ることを諦めたという。反対に自分の頭が割られそうな気がしたからだという。その記述を昭は読みながら、自然と微笑みが浮かぶのを感じた。昭は西行の関係のものを集中して読み漁った。今やっている学習は必ず、俺の詩作に役立つ、そう思って夏休みは西行の読書ノート作成に明け暮れた。

九月。夏休みも終わり、昭《あきら》は大学へ通い出した。その日、昭の同人誌「ひょうたん」を担任の伊藤先生に渡そうと研究室を訪れた。昭を見ると伊藤先生は言った。

「相田君、ちょうどいいところへ来た。話があるんだ。実はね。後楽園の近くにT神社というお宮があるんだけど、そこでバイトやってくれる学生を捜しているんだ。なに、仕事は簡単なんだ。朝、祝詞を誦むだけ。そこは篤信家の土建屋さんがご自分の敷地内にT神社を造営されて、そのお宮の奉仕をうちの学生に任せたいと言うんだ。相田なら祝詞も誦めるし、庭掃きぐらいは出来るだろう。昼間はどうせ暇だから、大学へ通っていいっていう条件なんだ。食事代、授業料、お小遣い、全部支給するって」

「先生。ほんとうですか。その話」

「うそは言わないよ。これは学生課長からの話なんだ。何、一人でやれって言うんじゃないんだ。他に二人バイトの学生も一緒だ。勿論住み込みだよ」

「その話いいですね。紹介してください」

昭は早速、その話を受けた。伊藤先生はT神社の社務所へ連絡を取ってくれた。

翌日、T神社へ昭は出掛け、社長さんと会い、話を伺った。その場でバイトを決めた。

昭は九月いっぱいで新聞配達のアルバイトを辞め、十月からT神社への奉仕の生活に切り換えた。朝六時に起床。潔斎の意味もあって入浴。朝食後七時から神に奉仕。仕事はそれだけだった。月次祭の時は、外部から神官が来て執り行うことになっていた。大学が暇な時は、庭掃きや社殿の清掃に従事した。昭と一緒に神社奉仕を希望した佐伯さんと大津さんとローテーションを組んで、仕事に従事した。佐伯さんは九州のある神社の子弟で、横笛が巧かった。四年生で来春卒業ということだった。勿論、神道科が専攻である。大津さんも千葉県内のある神社の子弟で、神道科の大学院の修士課程の一年生だった。夜は三人一緒の部屋で『古事記』や『万葉集』の歌の話題に花が咲いた。

十一月に星野友子さんの所属する〈フォイエル・コール合唱団〉の発表会が、杉並の公会堂で開催されることになっていた。六時開演であった。友子さんから手に入れたチケットを高校時の同級生近藤君にも前もって渡しておき、当日、会場で落ち合い、二人で発表会を聴いた。組曲「母」という長い曲で、ある詩人の書いた詩に、作曲者が曲をつけたものだった。長いものだったがそれなりに楽しめた。女性のコーラス部員は白い絹のブラウスで黒い長めのスカートというスタイルだった。背の高い友子さんは最後列に位置して歌っていた。友子さんは背が高くスタイルがいいからかっこいいなぁと、その時昭は思った。

冬休み、昭は久しぶりに帰省した。兄の家は家族三人になっていた。満二歳になる甥がすでに誕生していた。家族倖せそうだった。

昭は弥彦神社へお参りに行くことにしていた。正月三日一人で弥彦線に乗って出掛けた。小学生の頃遠足で行ったり、その他にも兄と一緒に訪れたことがあった。ゴム長を履いて弥彦の駅に着いた。

ここは佐渡弥彦国定公園だった。十時半きっかりに弥彦に着いた時、雪は止んでいた。冬の陽光は気持ち良かった。駅前からほとんど参道といってよかった。雪道は昭には懐かしかった。途中、屋外での弓道場があり、弓の同好会の人達が弓を引いている姿も見受けられた。そこから五分くらい歩いて行くと、大きな赤い鳥居が見えてきた。祭神は伊夜日子命。鳥居を潜ると杉木立の森で荘厳な雰囲気に包まれていた。昭は神社のこういった雰囲気がたまらなく好きだった。左手に曲って中へ進み階段を昇ると社殿が見えてきた。祈禱を依頼した参拝人もいたのだろう。社殿の中から神主の祝詞を奏上する声が聞こえた。昭は賽銭箱に小銭を投げ込むと、柏手を打って礼をした。何だかとても清浄な気分になった。お宮参りを済ませると、参道の茶店で絵葉書を買い求め、川崎に住む同窓生の友子さんに葉書を認めた。それから甘酒を飲んだ。

夕方、弥彦から帰って来た昭は、夕食を済ませると、幼馴染みの大野君を訪ねた。大野君は高校を終えると、新潟の電機工事店で修業を積み、昨年からお父さんの経営する電機工事店で家業に従事していた。今では専務である。

「こんばんは。大野君いる」

昭が大野君の家のガラス戸を開けると、中から、大野君が出て来た。

「やあ、あきら君。いつ帰って来たの。一杯やろう」

ご機嫌だった。大野君の応接間に通され、昭と二人の酒盛りが始まった。大野君の妹の陽子さんが、正月のご馳走をテーブルに並べてくれた。

「何もないけど、久しぶりだから、ゆっくりやろう」

「ゴチになるよ」

昭は礼を述べた。大野君と二人は近況を述べ合った。大野君は最近失恋したことを昭に話してくれた。相手は中学時代の同級生で斉木良子さんという人だそうだ。この町の警察署長のお嬢さんということだった。

「高校の頃はうまくいってたんだけれどね」

淋しそうに大野君は呟いた。どんな交際が大野君とその恋人の間になされたのか知らないが、人を愛するって素晴らしいことだと思った。昭は現在のところ同じ学校の友子さんがガールフレンドといえば言えるけど、恋愛とまでは考えたことがなかった。

「なに、まだ僕達は若いんだし、これからまだまだいい人は現れるさ」

昭は大野君を元気づけた。昭はルリ子さんと同棲したことを何故か話せなかった。そのうち話す時もくるだろうと思った。いろんな話を二時間程して昭は大野君と別れた。

東京のT神社の寮に帰ったのは正月の十日だった。その頃、佐伯さんも大津さんも帰省先から戻って来た。

また昭の生活のリズムは前に戻った。二月になって大学では後期のテストが行われた。レポート作成は勉強になった。順調にテストをこなし、まああの成績で無事三年生を終えた。

春休み、木下君からT神社の社務所へ電話があった。三年間続いていた中沢さんとの仲が結局のところ終わりを告げたということだった。昭は来年四年生になるのだし、もう将来の生活設計も考え、恋愛ごっこはお互いに終わりにしようぜ、と木下君に話した。そしてこの大学最後の学年を有意義な学年にしようとも付け加えた。

四年生の授業が始まった。水曜日の二時間目は再履修の〈漢文〉でリターンマッチの科目だった。昭はこの科目を三年生の後期テストでミスって結局、単位を落としたのだった。驚いたことに友子さんもこの単位を落としていた。単位を落とした者同士、仲よく机を並べて授業を受けた。四年生になって受講科目数も減り、水曜日の授業は〈漢文〉だけだった。朝十時半から十二時まで、九十分、みっちり授業が行われた。昭は水曜日が楽しみだった。友子さんと一緒に勉強が出来、帰りに渋谷で共に食事をし、コーヒーを飲んで、今日学んだ授業のおさらいが出来るからだった。友子さんと話をしていると、身体全体がほわりとしたものに包まれている感じがした。

六月に入って教育実習に都内のある中学校へ行った。成績の良い中学で指導教官はとても良い先生だった。毎日が楽しかった。研究授業も無事済ませ、二週間の教育実習も終えた。

七月に入ったある日、担任の伊藤先生から電話を頂戴した。話は昭の就職についてであった。名古屋のある私立の高校で国語の教師を一人募集していて、昭を推薦しておいた、ということであった。昭はそれならそれでいいな、自分は次男坊だから、無理して田舎に戻ることもないし、東京での生活にも飽きたし、都落ちするのも悪くないな、と思った。素直に伊藤先生の配慮に礼を述べた。一週間程経ってから、名古屋のその学校へ面接を受けに行って欲しいという就職課の先生の話があった。昭は約束の日、名古屋のその学校へ行き、校長先生に会い、型通りの面接試験を受け、東京へ戻って来た。採用不採用は一ヶ月後に通知するということだった。

大学は夏休みに入った。昭はT神社の社務所の自分の机に勉強道具を拡げて、卒論を仕上げるのに没頭した。社務所は先輩の大津さんと二人きりだった。

大津さんは修士論文をまとめるのに精を出していた。昭は自分のテーマ〈坂口安吾―その人と作品―〉をまとめるため、安吾の小説『青鬼の褌を洗う女』を読んだ時、ヒロインは何となく友子さんに似ているな、と思った。

八月の末、名古屋の高校から採用の内定通知がきた。あとは無事卒業するのが、昭の課題だった。

九月になった。水曜日の〈漢文〉の授業は相変わらず、友子さんと机を並べて、先生の講義を受けた。木曜一限の〈哲学講読〉は難解だったが興味深い講義だった。「牧人」という言葉を初めて覚え、「人間は存在の牧人です」という教授の説明に深い共感を覚えた。

十月になって、同人誌「ひょうたん」のメンバーの早川君から電話が掛かってきた。早川君の話では詩誌「ひょうたん」の仲間に加わりたいという友達がいるから仲間に加えて欲しいということだった。昭も大学の仲間に三人くらい新会員希望者がいることを思ってこの際「ひょうたん」を発展的解消して新しい詩誌を作ることを早川君に提案した。早川君も賛成した。昭の知り合いの新会員希望の三人に、その旨を連絡し、十月末に編集部の早川君のところへ詩稿を送ることを話した。三人が三人とも快諾した。

十一月第一日曜日、今日は昭達の詩誌「ひょうたん」、改題「歩廊」の合評会である。場所は五反田のそば屋の二階である。昭の作品がトップを飾った。

影とともに

相田　昭

夜への帰り道欲しさに
外へ外へ
飽かず抜け出ていった私・・・・・
なさけ容赦なく
ひっぺがされていった
朝ごとの日めくりの音に
あてなどがあっただろうか

巡り逢った何人かの人達と
知り得たことどもと
何をいったい
私は見聞きしたいというのだろう
愛　その雪片が
青白い風の中で
まだ
揺れているのだろうか

いきなり
さあ生きなさい！
生きてみろ！
と　投げこまれた世界
この私にどんな準備ができたというのだ
通りすぎてきた
はたとせに余る年月

それをたとえ
不幸と呼ぶにしても
心に残された
時の爪跡や
生きる痛みを悲しんで
〈ああ あんなにも
もろく
すべてが移ろいゆくとは〉
などとつぶやくかわりに
自分への言葉を
想い起こしてみよう
ほどなく私の身にも
もたらされるであろう
春の日のためにも

そして
恋い慕う人のように
すべてが美しかったのだと微笑みながら
何時なく
私が振り向く時
いつも異様な沈黙を守って
訪れて来る影がある
どんなに力んでみても
それこそ一生涯かかったところで
なにを私ごときものに
組み伏せられぬ相手であれば
しみじみとさえ
見つめよう
不思議な影
来し方知らぬ傀儡師《かいらいし》

合評が行われた。昭の作品は割と好評だった。昭は四年間の大学生活を振り返って、その思いを詩で述べてみた。そうしたら、こんな詩が出来たのである。この詩を書いている時、人間の運命ということについて考えていた。同人の皆の作品の合評も終え、その日は素直にT神社の寮に帰った。

元日、T神社では歳旦祭が挙行された。T神社の持主である社長さんや役員や従業員の皆が揃って参列した。式後、ささやかな直会が持たれた。昭は大津さんと冗談を言いながらお神酒を飲み、元日は暮れた。

一月の下旬から二月の中旬にかけて卒業試験が行われた。昭は日程通り無事こなした。卒論もどうにかまとまった。昭が卒論に取り上げた坂口安吾の作品に登場する女性像のまとめには難渋した。

「桜の森の満開の下」の〈鬼女〉や「夜長姫と耳男」の〈夜長姫〉は現実には存在しそうもなく、もしいたら怖い女性だなとも思った。

二月の末、〈伊藤先生を囲む会〉が開催された。伊藤先生に卒論指導を仰いだ学生達が約三十人出席して立食パーティーを持った。友子さんも出席していた。場所は市ヶ谷の私学会館が会場だった。卒業式を控えての時期なので、大学生活を名残惜しんで、学生達は和気あいあいとした雰囲気を作っていた。昭は今まで口をきいたこともない学生とも言葉を交わした。その学生は伊藤静雄を卒論に選んだと言っていた。また別の学生は草野心平を卒論に選んだと言っていた。昭が彼等と歓談していると、友子さんが昭のそばに近づいて来て、囁くように言った。

「昭君、卒業式が終えたら、会えない」

「うん。いいよ。僕も友子さんと話したいことがあるし」

昭は友子さんと会う日時と場所を打ち合わせた。会は名残りも尽きなかったが、時間がきてお開きとなった。出席者は三々五々会場を後にした。昭は友子さんと市ヶ谷の駅で別れ、帰途についた。

帰り道、昭は今度、友子さんと会ったら今後は社会人としての大人の交際をお願いしよう。そして名古屋へ教師として赴任し、生活のリズムが摑めたら、お金を貯めよう。そのお金で処女詩集を出版しよう。そして生涯文学を愛して生きてゆこう。それが俺の課題だ。そう心の中で呟いた。

（了）

あとがき

　この小説『昭物語　影とともに』は十章にまとめてあるが、前半の部分、つまり「昭の高校受験」「昭の友人」「昭の夏休み」「昭の秋」「昭の冬休み」の五つの章を、刈谷の同人誌「春夏秋冬」（詩人加藤則幸氏の主宰）に発表し、続いて後半の部分、つまり「昭の進学」「昭の大学生活」「昭の同人誌創刊」「昭の昼間部」「昭の課題」の五つの章は、名古屋の同人誌「青灯」に発表したものである。二〇〇四年から二〇〇六年にかけてのことである。私の高校時代、大学時代のことが題材としてある。勿論、小説だから実体験べったりの物語ではなく、半分はフィクションである。人生とどう向かい合ったかが執筆されている。

　私は、これまで「詩歌鑑賞ノート」という小冊子を十九冊まとめてきたが、その㈢に〈郷愁の詩人像〉というのがある。そこでは高校や大学の頃に巡り合い、ともに詩作に励んだ男たちや女たちの作品と人物を描いた。また、大学を卒業して一年後には、それまでの人生を回想して「闇の詩」という小説を、同人誌「始祖鳥」に発表した。私の二十代半ばの頃である。それからおよそ二十年、「闇の詩」に加筆修正して生まれたのがこの小説『昭物語』である。四十代になってからのことで、年齢を重ねると、自然、過去が見えてくることなのだろう。

文学に親しんだ若い頃の活動を語るとすれば、大学入学当初、〈國學院大學現代詩研究会〉に入って詩友と交わったことがあげられよう。同研究会は詩誌「國學院詩人」を発行していたが、私はそこに一篇の詩も発表しなかった。私は、高校時代から大学一年の夏頃まで書いた詩を、一冊にまとめ作品集『彷徨Ⅰ』として刊行し、友人に配った。それから一年くらいして、二十篇ほどの詩をまとめ『彷徨Ⅱ』を刊行した。

その後、大学の三年になった頃、高校の同級生の細川君と保坂君と私の三人で同人雑誌「ひょうたん」を発行した。その詩誌は四号まで続いた。さらに一年後、大学四年になると詩誌「ひょうたん」は発展的解消し、「歩廊」という詩誌を発行した。そのあたりのことは、この小説『昭物語』に反映させてある。

出版にあたっては、人間社の高橋正義氏にひとかたならぬお世話になった。厚く御礼申し上げたい。

二〇一六年十一月

阿部堅磐

國學院大學生（三年）の頃の著者

著者略歴

あべ・かきわ　一九四五年一月一〇日新潟県三条市生まれ。一九六五年國學院大學文学部文学科入学。在籍中に早稲田、成城、國學院の詩友と詩誌「歩廊」を創刊、同人となる。大学卒業後は愛知学院愛知高校で教鞭をとる。詩集に『倒懸』（一九七五年・詩耕社）『八海山』（一九八〇年・中部詩人サロン・第一三回新美南吉賞佳作）『貴君への便り』（一九八九年・中部詩人サロン）『生きる』（一九九七年・中部詩人サロン）『訪れ』（二〇〇一年・愛知書房）『あるがままの』（二〇〇二年・土曜美術社出版販売）『男巫女』（二〇〇四年・土曜美術社出版販売）『梓弓』（二〇〇六年・土曜美術社出版販売）『舞ひ狂ひたり』（二〇〇九年・土曜美術社出版販売）『円』（二〇一二年・土曜美術社出版販売）『新・日本現代詩文庫　阿部堅磐詩集』（二〇一三年・土曜美術社出版販売）、『古典歩猟●詩歌の鑑賞と創作』（二〇一六年・私家版）、ほかに四冊の詞華集（共著・銅林社）、小譚詩『ぼくと叔父さんの物語』（一九九九年・人間社）、名古屋のモダニズム詩人・伴野憲や前衛歌人・春日井建などを取り上げた自家版「詩歌鑑賞ノート」は一九号を数える。中部ペンクラブ会員、日本詩人クラブ会員、中日詩人会会員、日本ペンクラブ会員。詩誌「サロン・デ・ポエート」「こすもす」「宇宙詩人」同人。

現住所
〒四四八―〇八五五　愛知県刈谷市大正町四―三〇五

昭物語《あきらものがたり》　影《かげ》とともに

二〇一六年一二月一七日　第一刷発行

著者　阿部堅磐

発行者　髙橋正義

発行所　株式会社人間社
名古屋市千種区今池一-六-一三　〒四六四-〇八五〇
電話　〇五二（七三一）二一二一　FAX　〇五二（七三一）二一二二
郵便振替〇〇八二〇-四-一五五四五

制作　有限会社樹林舎
名古屋市天白区井口一-一五〇四-一〇二　〒四六八-〇〇五二
電話　〇五二（八〇一）三一四四　FAX　〇五二（八〇一）三一四八

印刷所　株式会社シナノパブリッシングプレス

ISBN978-4-908627-08-8 C0093
定価はカバーに表示してあります。
＊乱丁本・落丁本は送料小社負担でお取り替えいたします。